錠剤F

井上荒野

集英社

錠剤F
目　次

錠剤F

乙事百合子の出身地

電話が鳴ったが初子《はつこ》は期待しなかった。どうやって番号を知るのか、最近は据え置きの電話ばかりでなく、携帯電話にかかってくるのも大半がセールスだ。空気清浄機、高機能マスク、免疫力を向上させるサプリメント。頻繁だからあしらいかたにも慣れてきて、相手の話を遮ってこちらから電話を切ることも、以前のように失礼だとは思わなくなった。

「お久しぶり、ミソノです」

が、かけてきたのは知り合いだった。こんなことになる以前に通っていた英会話教室で、同じシニアクラスだった人だ。

「お久しぶり、お元気だった？」

「ええ、どうにかね。歩かないから膝が悪くなる一方」

「ひどいことになっちゃって」

「ええ、ほんとにね」

近況報告とも言えないような言葉を、しばらく交わす。それだけの会話でも初子には久しぶりのことだった。はじめはわくわくするようだったが、すぐに気分は苛立《いらだ》ちに変わった。ミソノさんとは教室でとくに親しかったわけでもなかった。そういう相手と当たり障りのない会話をしたところで、なにがどうなるでもない。

「今日お電話したのはね、おうかがいしたいことがあったからなの」

初子の気持ちが伝わったかのように、ミソノさんはそう言った。

「乙事《おっこと》百合子《ゆりこ》の出身地。初子さん、わからない？」

乙事百合子が誰なのか、初子はすぐには思い出さなかった。

乙事百合子は作家だった。何年か前の大河ドラマの原作者だと言われて、ああ、と思った。読書は苦手で、こんな状況になってから話題になった本を取り寄せてみたこともあるけれど、どれも途中で放り出していた。

「ホームで知り合った人がね、乙事百合子は小学校の同級生だって言ってるの」

「ホーム？　ホームって？」

「ホームはホームよ。老人ホーム」

ミソノさんはうるさそうに言い、初子は少なからずショックを受けた。ミソノさんは自分より年上だという印象ではあったが、すごく上、というほどではなかった。多く見積もっても今、七十五、六というところだ。それなのに、老人ホームに入ったのか。ひとり暮らしではなかったはずだ。夫も一緒に入っているのだろうか。それを聞くのは失礼だろうか。

「それでね、乙事百合子の同級生だって言い張っている人は、嘘《うそ》ばかり吐《つ》く人なの。だからこれも、嘘じゃないかと思ってるんだけど」

ミソノさんは話を戻した。

「ネットで調べたりできないの？　ウィキペディアとか」

初子は言った。今時の老人ならば、そのくらいのことはたやすくできる。

「ネットには出てないのよ。非公開なんですって、乙事百合子の出身地は。だからなおさら疑わしいのよ。調べようがないことだから、嘘を吐いてるんじゃないかって思うわけ」

「ホームのほかの人たちはどう言ってるの？」

「ほかの人たちは、その人の話なんかまともに聞きやしないわ。私だけなのよ、彼女の相手になっているのは。だけど騙《だま》されるのも腹立たしいじゃない？」

「それはそうね」

話の核心がつかめないまま初子は同意した。

「初子さん、知らないのね？　乙事百合子の出身地」

「知らないわ。ごめんなさい」

「仕方がないわ。それじゃ、また」

電話は切れた。初子は苦笑しようとしたがうまくいかなかった。結局のところ、いやな電話だった。ミソノさんがホームに入ったことも、嘘ばかり吐く人のことも知りたくなかった。こんな電話なら、かかってこないほうがましだ。

意味もなく壁の時計を見る。午前十一時半を少し過ぎたところだった。窓の外はすでに容赦ない日差しが照りつけている。熱中症警戒アラートとやらが、今日も出ているはずだ。都内にしては広い庭がある家だが、ずっと植木屋を入れていないから木も草もみっしりと繁ってジャングルのようになっている。以前はそれなりに丹精して、夏には夏の花を咲かせていたが、今は雑草が園芸種を厚く覆い隠していて見るたびに切なくなる。自分でどうにかしようとすれば暑さで倒れるだろうし、植木屋を呼べば人にあれこれ言われるだろう。植物のせいでいくらか涼しいのかもしれないと思って自分を慰めている。

つめたい麦茶でも飲もうかと立ち上がったところに、ブブブ、と電子音が鳴った。表のボックスに郵便物か宅配便が入ったことを知らせる音だ。虫が耳から体の中に潜り込んでくるような音で、何度聞いてもぞわぞわする。安物を買ったせいだろう。お金が惜しかったというより、買いたい買い物ではなかったからだ。

今、世界中に蔓延《まんえん》している疫病は、感染しても若ければ八割の人は症状が出なかったり軽症ですむ。しかし老人は重症化したり死に至る割合が高い。全員が感染を怖《おそ》れて動きを止めれば、社会は衰退していく一方だから、老人抜きで営まれることになった。年寄りは外に出るな、家族以外の人間と接触するなと言われている。法律で禁止されたわけではないけれど、うろうろしていると見咎《みとが》められて怒鳴りつけられたり、もっとひどい目に遭うこともあるらしい。食料品も日用品も、老人にとってはデリバリーが生命線になる。配達人から感染しないように、宅配ボックスを置くことが推奨されている。推奨といったって、置いていなければやっぱり咎められる。僅かな金を惜しんで感染して、貴重な医療資源を無駄にするつもりなのかと、張り紙されたりするらしい。

そのボックスの説明書に書かれていた「おすすめ」に従い、お知らせ音が鳴ったときから五分間待って、初子はボックスの中身を取りに行った。荷物に付着したウィルス対策として、最低一昼夜ボックスの中に入れたままにしておくという人がいたり、あるいは自動的に除菌スプレーを噴射するボックスも売り出されているようだが、現状では物から人への感染の確率は低いとされており、初子はそれを信じることにしている。ボックスの中身を無警戒に取りに行った老人が責められた、という話はまだ聞かない。今のところは、ということかもしれないが。

届いたのは定期購入している冷凍食品だった。冷凍スープ、冷凍カレー、冷凍煮魚、冷凍温野菜。それらを収納するために、初子は冷凍庫を開けた。前回届いたぶんがまだ食べきれずに残っている。残る量が回を追うごとに多くなっている。定期購入のほうが割安だからそうしているが、必要なときに注文するようにしたほうがいいのかもしれない。ただ、定期購入をやめることには、金銭面とはべつの不安がある。トイレットペーパーやマスクや小麦粉やバターの買い占めが起こったときのように、いつか食料品もそうなるのではないのかと考えずにはいられない。そうなったらやっぱり、手に入れられる者たちだけが手に入れるだろう。自分たちはもうそちら側ではないという確信とあきらめがある。

隙間に無理やり詰め込んでいると、引き出し式の冷凍ボックスの奥にパックがひとつ落ちていることに気づいた。薄っぺらいから引き出しの開閉に干渉せず、ずっとそのままになっていたらしい。取り出してみるとそれは市販品ではなくて、初子が作ったトマトソースだった。庭で作っていたトマトがたくさん収穫できたから、食べきれないぶんを煮て、小分けに冷凍しておいたひとつだ。初子はそれをじっと眺めた。作ったのは去年の今頃だった。あのときは疫病の名前すら聞こえてこなかった。一年後にこんな世界になっているなんて、もちろん想像だにしなかった。

また音が響いた。今度は呼び鈴だ。初子は立ち上がり、発作的にトマトソースのパックをゴミ箱に捨てた。それからインターフォンで応答した。モニターに若い女の姿が映った。痩せすぎているが、切れ長の目のきれいな娘だった。これに映るたいていの者がそうであるように、黒いキャップをかぶり、最新式のフェイスシールドを装着している。

「こんにちは。免疫力を高めるお水のご紹介にうかがいました。少しお時間いただけませんか？　感染対策は徹底しておりますが、まずはインターフォン越しでも結構です」

やはり、今度こそセールスだった。電話での営業が増えるのに比例して、直接訪ねてくるのも増えてきた。老人は外界との触れ合いに飢えているからつけ込みがいがある、ということらしい。配達員や植木屋との接触は怒られるのに、こちらのほうは野放しなのだ。冗談じゃない。つけ込まれてたまるものか。そう思いながら初子の唇はなぜか、

「どうぞ。暑いから中にお入りになって」

という言葉を発した。

莉里《りり》は拍子抜けした――というより、正直なところぎょっとなった。

いきなり中に入れるとは思っていなかったのだ。この仕事に転職して三ヶ月あまりで、まずまずの営業成績を上げているのだが、初手から家に上がりこむのははじめてだった。

この辺りでは大きなほうの、年季が入った家だった。そういう家を選んで呼び鈴を押すのだ。ドアの鍵が内側から開けられる音がして、「どうぞ」という声が聞こえた。自分で開けろということだとわかるので、そうすると、三和土《たたき》から一メートルあまり離れたところに、小柄な老婆がつくねんと立っていた。色が白くてふわふわと太っていて、ペーズリー柄のすとんとしたワンピースを着た上品そうな年寄りだ。マスクをつけているせいでわかりづらいが、莉里の母親よりは年上、祖母よりは下というところだろう。

老婆は背後のドアを開け、莉里はリビングに通された。期待を裏切り、玄関とほとんど同じくらいの室温だった。外よりほんの少し涼しいかという程度。エアコンは稼働しているが設定温度が高いのだろう。年寄りだけの住まいにはよくあることだ。

応接間というほうがふさわしいような部屋だった。横長のサイドボードの上には緑色の陶器の花瓶。花は活《い》けられていない。テレビもない。そのかわりのように、蝶《ちょう》の標本を留めつけたガラスケースみたいなものが壁にいくつもディスプレイされている。もう何年も誰も座っていないような、臙脂色《えんじいろ》の革のソファセットがあり、ひとり掛けのほうに座るように促された。

「今、浄水器などはお使いになっていらっしゃいますか？」

ソファの革はかたくて、座り心地が悪かった。尻の位置を変えながら、莉里はコーヒーテーブルの上にパンフレットを広げた。

「カートリッジ式で、蛇口に取りつけるだけでお水が変わります。弊社では飲料水としてはもちろん、スプレーボトルに入れて、除菌スプレーとしても利用しています。お水ですから、植物やペットにも使えます。正直な話、製品に自信を持っておりますので、社内ではマスク着用の社員はおりません」

あっ。老婆が小さな声を発し、立ち上がった。間もなく、麦茶らしきものを入れたグラスをトレイに載せて持ってきた。へっぴり腰の姿勢でそれを莉里の前に置く。

「どうぞ」

「おそれいります」

莉里は素早くシールドを外し、ごくごくと飲んだ。ひどく喉が渇いていたし、とにかく体を冷やしたかったのだ。あっという間に空になったグラスをテーブルに置くと、老婆は驚いた様子で「もう一杯召し上がる？」と聞いた。

「あ、いえ……大丈夫です」

慌てて莉里は辞退した。あらためてシールドをつける。本当はもう一杯どころか十杯でも飲み干したい気分だったが、老婆を不安にさせてはまずい。熱でもあるのかと思われてしまう——実際のところ熱っぽいような気もするのだが。

「水回りを拝見させていただくことはできますでしょうか？」

許可が出たので立ち上がり、キッチンへ向かった。老婆は場所を教えただけでついてこなかった。不用意に近づかないようにしているのだろう。それほど警戒しているのになぜ私を家に入れたのだろう。

古びてはいるが、家の中はすっきりと整頓され清潔な感じだった。ずっと家の中にいるはずだから掃除くらいしかすることがないのかもしれないが。疫病が流行《はや》る以前はハウスキーパーを雇っていたのかもしれない。そのくらいの経済力はありそうな家に見える。経済力があったのかもしれないが。ダイニングには壁一面を占める大きな重苦しい食器棚があって、中にはぎっしり食器が詰まっていた。かつては四人とか六人の家族だったのかもしれない。子供たちはとうに独立しているとして、夫はどうしたのか。離婚したのか、死んだのか。この疫病で死んだということはあるだろうか。

どうでもいい。莉里は自分に言った。この家の家族構成も老婆の過去もどうでもいい。カートリッジの定期購入の契約がひとつ、できればキッチンと浴室を合わせて二箇所ぶん取れればそれでいい。どうして今日にかぎってどうでもいいことを考えるのか。キッチンのシンクの蛇口には、すでに浄水器が取りつけられていた。何年も前からずっとそのままになっているような感じだった。こんなものはすぐに取り外させられる。調理台の上には安っぽいプラ容器に入った醤油《しょうゆ》がぽつんと置かれている。ピンクの手編みのアクリルたわし。コップ立てにコップはなくて、かわりにファスナー付きのポリバッグが逆さにして干してある。袋の一方の隅に洗いきれていない黒いものがこびりついている。何だろう。何を入れていたのだろう。黴《かび》みたいに見える。この袋はもう何ヶ月も前からここにあったのではないか。ああ、またどうでもいいことを考えている。今日の私はどうかしている。

どうかしているのは体調のせいだ。このところずっと不調だが、この家に来て一段階ひどくなったように感じられる。暑いし熱っぽいしひどくだるい。キッチンのあと、本来なら一言断りを入れるのだが黙ったまま、廊下に出て洗面室を探した。洗面台と隣の浴室の蛇口を確認し、カートリッジ三つの定期購入契約を目標に定めてリビングに戻った。老婆はさっきと同じ場所にちょこんと座ったまま、何かを期待するような目で莉里を見上げた。いけそうだ。この年寄りは買いたがっている。何か、今の生活を変えるようなものを欲している。その欲求が切実すぎて、疑えなくなっている。

そう思うのに、次に言うべき言葉が口から出てこなかった。

「すみません、トイレをお借りできますか」

かわりに莉里はそう言った。これは悪手だ。営業のべからず集に、営業先でトイレを借りないこと、というのがある。何か目論見《もくろみ》があるならともかく、このご時世でそんなふるまいをすれば概して悪い結果に繋《つな》がると。貸したくないという客は多いだろうし、貸せないからと追い出され、それきりになってしまうことだってあるだろう。

「どうぞ。廊下に出て右です」

しかし老婆はとくに表情を変えるでもなかった。礼を言い、莉里はそこへ急いだ。生理的欲求に急《せ》かされてはいなかった。ただどうしても個室で下着を下ろして、たしかめずにはいられなくなったのだ。今日こそ生理が来るのではないかと。

しかし気配もなかった。ちょろりと尿が出ただけだった。もう二週間近く遅れている。


深夜三時の線路脇の公衆トイレで、政則《まさのり》とセックスしたのだった。

仕事終わりに四人で飲みに行って、最終的にふたりになって、べろんべろんになってそこへ行った。莉里はそれこそ生理的欲求で膀胱《ぼうこう》が爆発しそうで、女性用の個室に飛び込んだのだったが、用を済ませて出てくると、政則がいた。

抱きつかれ、出てきたばかりの個室に押し戻されて、びっくりしたが、拒まなかった。そうなる予感はあったし、そうなればいいなと思っていた。政則のことは好きでもきらいでもなかったが、とにかく男が――シールドを外して服も下着も全部脱いで、そこらじゅう触り合って、深く挿し込まれる相手が――ほしかったのだ。

できたとしたらあの日だろう、と莉里は思う。そのあと、互いのアパートを行き来するようになり、三回か四回セックスしたが、政則は毎回、莉里が鼻白むほど律儀にコンドームをつけていた。最初の公衆トイレの一回だけ、つけなかったのだ。酔った頭の片隅で気にしていたが、そのことを言い出せば政則はやめるかもしれない、それでふたりの関係はあっさり振り出しに戻って、最悪、振り出しよりさらにマイナスになるかもしれないと思ったから、言わなかった。

失敗だった。あとから計算してみたら、危ない日だった。これで本当に妊娠していたとしたら、マイナスもマイナスというところだ。

いや、わからない。案外、プラスに転じるかもしれない。子供ができたと知ったら、結婚しようと政則は言うかもしれない。彼も私を手に入れたがっていた。私じゃなくて、女を、かもしれないが。女ですらなくて、誰かを、かもしれないが。私たちはお互いを必要としている。今みたいな世界にひとりでいたくないのだ。政則もそう思っていることが私にはわかる。

老婆の家の清潔なトイレは、壁がラベンダー色で、便座と足元の床が水色と白のストライプのタオル地で覆われていて、トイレットペーパーホルダーにも水色のカバーが取りつけられていた。壁に掛かった小さな鏡の縁は紺色。こういうものをあの老婆がちまちまちまちま揃《そろ》えたのだろうか、とまたどうでもいい考えが浮かぶ。鏡に映った顔は腫れぼったく肌の色も悪くて、シールドを外してみてもいっそうひどく見える顔があらわれただけだった。妊娠しているせいなのだろうか。それとも、もしかしたら感染しているのだろうか。若くても症状が出る者はいる。死ぬ者だっていないわけじゃない。妊娠と感染、どちらがマシだろう。あるいは妊娠していて感染もしている、という可能性だってある。

シールドを付け直し、リビングに戻る。老婆は窓のそばにいて庭を見ていた。振り返り、「大丈夫?」と聞く。莉里は頷《うなず》いた。自分が年寄りから気遣われているということに動揺する。

ソファに戻ってテーブルの上の資料の配置を意味もなく変え、「キッチンも洗面台もお風呂場も、問題なく弊社の製品が取りつけられます。三箇所を定期購入でご契約いただくと割引が……」と言いかけると、老婆がゆっくり首を振った。もう結構ということか。半ばそれを望むような気持ちがあったが、老婆は意外なことを言った。

「あなた、乙事百合子の出身地をご存知？」

「え？」

「乙事百合子の出身地。もし教えてくださったら、契約してもいいですよ」

「オッコトユリコ……って、誰ですか」

莉里は聞いた。老婆はするすると近づいてきて、今度は莉里の正面に座った。

「甲乙つけるの乙、物事の事、百合の花の百合に子供の子」

老婆は説明しながら空間に指で字を書いて見せてから、「小説家」と付け足した。

「乙事百合子の出身地は非公開なの。それを知りたいと思っているわけ」

何のために？　と莉里は思ったが口には出さなかった。老婆の視線から逃れるように、鞄《かばん》からスマートフォンを取り出した。「乙事百合子　出身地」で検索をかける。ざっと見たかぎりでは、たしかに「非公開」だということがわかるだけだった。

私は何をやってるんだろうと思いながら、「乙事百合子」「乙事」でさらに検索してみる。もちろん契約を取りたいと思っているのだが、スマホをいじっている間は老婆と話さなくてもすむという気分がある。それでいて、老婆の視線をじっとりと感じる。閉じ込められたかのような、罠《わな》にかかったような気分。尻の下で古びた革がベコッとへこむ。この家は不吉だと感じる。この老婆はじつは感染しているのではないのか。若者を憎み、感染を広げるために、訪れる者たちを家の中に引き込むのではないか。ああ、またおかしなことを考えている。乙事百合子。乙事……。

あるサイトに「乙事は長野県の地名」という記述を見つけた。「乙事は古くは乙骨《おつこつ》と書き……」とあって、あっと思った。

「あの、電話を一本かけてもいいですか」

老婆に見守られながら、莉里は政則の番号にかけた。

声を聞いたら体が揺れるような感じがした。ずっと電話をしたかったのだと思った。

「おう。どした？」

「あのさ、乙事百合子の出身地ってわかる？」

「はあ？」

「乙事百合子。小説家なんだって。知らない？」

「知ってるけど」

「知ってる？　もしかして出身地って長野？　っていうか親戚だったりするの？　政則の」

政則の出身地は長野で、姓は乙骨なのだ。

「いや、親戚でも何でもねえよ。なんか関係あんのかもってことで親が本買ったりしてたからたまたま知ってんだよ。長野の人ですらないみたいよ。乙事はペンネームらしいよ。地名が残ってるから、旅行に来たとか、地図を見たとかで拾ったんじゃねえ？　とにかく、俺には無関係。っていうか何で？　乙事百合子がどうかしたの？」

「えっ、客んち？」

「今、訪問先なんだけど」

そうだよと答えて莉里は立ち上がった。老婆に小さく会釈して、リビングから廊下へ出る。営業ウーマンとしてありえないふるまいだとわかっているが、今はもっと政則と喋《しゃべ》りたかった。

「乙事百合子んち？」

「違うよ。それはもういい」

「いいのかよ」

「声が聞きたくて」

「え？　どういう意味？」

聞き返す政則は本当に意味がわからないようだった。

「政則の声が聞きたくて」

するとて政則はハハッと笑ったが、その笑いの意味が莉里にはわからなかった。

「喋ってて大丈夫なのかよ？」

「うん」

政則も喋りたいのだと莉里は思った。生理が遅れていることを、今、言ってしまおう。そうすればきっと気持ちが軽くなる。この不安も体調の悪さもきっと消える。

「太田《おおた》が感染したぞ」

けれども政則のほうが先に、そう言った。

「え？」

太田というのは同じ営業チームのひとりで、そういえば今朝は見かけていなかった。

「昨日まで来てたじゃん」

「今日も来てるよ、営業してる。俺に電話があったんだ、やばいって」

「やばいって？　具合が悪いってこと？」

「何日か前から熱っぽかったらしいんだけどやばそうだから測ってなかったんだって。でも昨日の夜、飯食ったら匂いも味もしなくて、熱測ったら三十八度超えてたって」

「何それ……。病院は行ったの？」

「だから行ってないよ、今日も仕事してるんだから。会社にバレたら即、お払い箱だろ、だからバレないようにやるって」

「バレないようにって……」

どうするつもりなのだろう。熱があっても味がわからなくても、今まで通りに朝礼に出て営業に行って、タイミングが合えば政則や私や、ほかの派遣社員を誘ってランチに行ったり終業後に飲みに行ったりするということだろうか。三人で居酒屋へ行ったのは一昨日だった。

「いや、だから、しばらく太田には近づかないようにしようぜって話」

莉里が黙り込んでしまったせいか、取り繕う口調で政則は言った。

「わかった」

実際、莉里はわかった――どうして今までわからなかったのだろう？　妊娠がプラスになるはずなんかない。妊娠していても、政則は結婚なんかしてくれない。それに私も結婚なんかしたくない。子供なんか産みたくない。産んだら、ようやく手に入れた仕事をやめなければならなくなる。政則ひとりの収入で暮らしていけるはずもない。それにもし私が感染していたら、お腹《なか》の中の子供にも影響するだろう。調べてみないとわからないが、調べる気にはならない。

「あっ、やべ。じゃあな」

誰か来たのか、それとも誰か来たことにしたのか、電話はプツリと切れた。

電話が終わった気配があったので、初子は急いで壁から離れたが、娘はリビングに戻ってこなかった。

どうやらまたトイレに向かったらしい。腹でも壊しているのだろうか。顔色が悪かったしひどく疲れているように見えた。まさか感染しているとか？　疫病の初期症状にたしか下痢もあったはずだ。若い者たちは感染を疑う症状が出ても無視する、という話も聞く。特効薬があるわけでもなし、検査を受けに行ったり自己申告したりすれば隔離され、日常が奪われるだけだから、黙って何も起きていないかのようにふるまう者たちが増えていると。ああいう者たちにとっては老人の命よりも、自分たちの日常のほうがよっぽど大事なのだろう。

電話の途中から廊下に出たことも十分に怪しく、何かわかるかと思って盗み聞きしていたのだが、壁越しではよく聞き取れなかった。ただ「マサノリの声が聞きたくて」という言葉だけがはっきり耳に届いた。それ以外の会話はぼそぼそ声を潜めていたのに、そのときだけ声量を上げたから。甘えたふうではなくて咎めるような口調だったが、電話の相手は恋人だったということか。乙事百合子は電話をするための言い訳で、実際のところは恋人に感染のことを伝えるために電話をしたのかもしれない。マサノリは何と答えたのだろう。客には気づかれるな。ババアには絶対に気づかれるな。きっとそう答えただろう。心配するな。大丈夫だ。そういう慰めみたいなことは言っただろうか。あるいは怒鳴り散らしただろうか。冗談じゃない。もう俺には近づくな。そういう結末だったろうか。

それから初子は、突然、脈絡もなく気がついた。ミソノさんのことだ。彼女はぼけているのだ。喋りかたが何だかへんな感じだったのも、ぼけているのだと思えば説明がつく。ミソノさんはぼけて、だからホームに入ることになって、そこで乙事百合子の出身地のことなんかに拘泥《こうでい》しているのだ。

気づいたとたんに、なぜかいろんなことがどうでもよくなった。娘を家に入れてしまったことも。その娘が感染しているかもしれないことも。浄水器に本当に免疫力を上げる効果が少しでもあるのかどうかも。娘が自分をだまそうとしているのかどうかも。免疫力そのものも。感染するかしないかも。この世界を生き延びられるかどうかも。その気分は、一瞬の突風みたいに初子の中に生まれて、消えた。

娘が戻ってきた。お待たせしましたともすみませんとも言わず、むしろその種の言葉を待つかのように、初子の顔を眺めている。

「わかった？」

と仕方なく初子は聞いた。娘は不審げな表情になった。何を聞かれているのかわからないというように。

「乙事百合子の出身地」

初子がそう続けるのとほぼ同時に、足音が聞こえてきた。二階から降りてくる足音だ。

いきなりあらわれたその男は、ずかずかとリビングに入ってきた。

禿頭《はげあたま》で、上背があるが痩せていて、骸骨みたいな老人だった。グレイのスウェットの上下を着て、顔には黒いマスクをつけている。皮膚のシワやたるみがわからないほど遠くからであれば、不良中学生のようにも見えそうな風貌だった。

「何やってるんだ？」

男は老婆に向かって怒鳴った。莉里が目に入らないはずはないのに、老婆だけしかいないみたいに。

「何でセールスなんか家に入れてるんだ？　何考えてるんだ？　昼飯はどうなってるんだ？」

老婆は彼のひび割れたような怒声には慣れているように、いっそ聞こえないかのように黙っていた。男が老婆の夫であることは間違いなかった。外から帰ってきた様子はなく、とすればずっと家の中にいたことになる。いたのか、と莉里は思った。この人はいたのか――この、隅々まで清潔に整えられているにもかかわらず、薄く埃《ほこり》をかぶっているみたいに感じられる家の中のどこかに。私がセールスだとわかるのは、聞き耳を立てていたからだろう。どうして私を見ないのだろう。怒鳴るなら私に怒鳴って、追い出せばいいのに。

老婆がちらりと莉里のほうを窺《うかが》った。マスクをしているせいで表情はわからなかったが、卑屈な目だと莉里は思った。壁のガラスケースの中に閉じ込められた死んだ蝶たちが、黴くさい鱗粉《りんぷん》を撒《ま》き散《ち》らしながら飛んできて体にたかっているみたいな感じがした。体の不調が、何かべつのものに変わって体の中で熱くなった。

「乙事百合子の出身地を知っていますか？」

莉里は男に向かって言った。男は、ポストが口を利いたとでもいうように目を剝《む》いた。

「乙事百合子の出身地を知りたいんです、私たち」

男は莉里から老婆のほうへ視線を移し、老婆は莉里の顔を見た。莉里はある種の期待を込めて見返した。すると老婆はすうっと莉里から目を逸《そ》らして、男のほうを向いた。

「何でもないのよ。この人は浄水器を売りたいだけなの」

老婆は言った。落ち着いた、なめらかな口調だった。それからあらためて莉里のほうを見た。

「悪いけど、もう帰ってくれる？　詐欺まがいの商品でしょう。わかってるのよ、何の役にも立たない浄水器だって。だまされないわ。そんなものにだまされるほどの年寄りじゃないのよ」

老婆は自分の言葉に煽《あお》られたように、次々に言葉を繰り出した。


娘はものも言わずに玄関へ歩いていった。

透明なフェイスシールドの向こうのその表情は、裏切られた者の顔だった。だます気で、裏切るつもりでこの家にやってきたに違いないのに、こんな顔で立ち去っていくのだと初子は思った。

玄関のドアはさっき娘を中に入れた後に施錠していて、その鍵はちょっと操作がむずかしかったから、初子が先に立って、ドアを開けてやった。三和土に立った初子の横をすり抜けて、娘は外に出ていった。外の気温は家の中とさほど変わらないことに初子は今更気づいた。夫が冷房をきらうから、設定温度を高めにしてあるせいだ。コレクションしている蝶の標本に悪い影響があるとかどうとかいう理由をいつか口にしていたが、本当かどうかはわからない。すぐには死なないが静かに蝕《むしば》まれていくほどの室温で、夫は暮らしたいのかもしれない。自分もそうであるような気がするから、その点ではまだあの人と夫婦であるといえるのかもしれない。

娘が歩き去っていく方向から、宅配便のトラックが近づいてきた。トラックは娘の姿を隠しながら家の前で停《と》まり、マスクをつけた配達員が降りてきて、初子が見ている前で、宅配ボックスの中に小さな荷物をひとつ入れた。初子の背後の家の中で、ブブブブ、と電子音が響いた。

ぴぴぴーズ

今日「ぴぴぴーズ」の第十三巻が入荷した。それはやっぱり、ラックの一番目立つ場所に並べられている。並べたのは店長だが、俺がいるレジカウンターからそれが見える。十三巻の表紙に描かれているのはサルスベリだ（毎回、ぴぴぴーズのメンバー四人のうちの誰かひとりが表紙になる）。七三分けで銀縁眼鏡で、学生服をぴっちり着ていて、五分間だけ姿を消せる能力を持つサルスベリ。表紙のサルスベリは号泣しているみたいだ。号泣？　クール、無表情、無感動がウリのやつなのに。もちろん俺は、ウェブ連載中に「ぴぴぴーズ」を読んでいる。サルスベリが号泣するシーンなんてなかったはずだ。コミックスの表紙の絵って、いつどんなふうに決まるんだろうか、と俺はちょっと考える。そしてなんだか気分が落ちてくる。

ドアが開き、女がひとり入ってくる。ときどき見かける女だ。いつもキャラメルコーンと豆乳ラテの一リットルパックを買う。今日もそうだった。キャラメルコーン、豆乳ラテ、それにファッション誌をカウンターの上に置いた。雑誌の表紙には「夏の淑女《レディ》の勝負服」という文字が躍っている。女は会計をすませると、いつものようにそれらを花模様のエコバッグに入れた。

「あの」

と女が言った。三十代半ばくらい——俺より少なくとも十は上に見える。ぼわっとしたワンピースは、エコバッグより曖昧な花柄で、寝巻きみたいだ。茶色っぽい髪が肩の上でくるくるしている。色白で、小太りで、顔立ちは地味。全体的に地味。

「コピーを取りたいんですけど、やりかたがよくわからなくって」

ほかに客はいなかったから、俺は女と一緒にコピー機のほうへ行った。俺がやりますよ。教えるよりそのほうが早かったから俺は言った。女がコピーする何かを取り出すのを待っていたが、女はぼうっと突っ立ったままだった。

「コピーしますから」

俺は苛々しながら言った。

「コピーじゃないんです」

女は小さな声で言った。

「あなたにお願いがあって。あの、セックスしてほしいんです。あなたの子種がほしいんです」

「あの、セックスしてほしいんです」

俺は女の口真似《くちまね》で言う。肩をすぼめて、俯《うつむ》いて。

「あなたの子種がほしいんです。あなたは、うちの夫に似てるんです」

ぎゃははは、と三人が笑う。ゴウタ、サノ、それにミリア。土曜の夜で、俺たちは行きつけの洋風居酒屋の、厨房《ちゅうぼう》を囲むカウンターの角を占めている。狭い店だが、時間が遅いせいもあって、俺たちのほかに客は反対側の角にいる年配の男女ひと組だけだ。俺たちが我がもの顔に騒いでいるから、居心地が悪そうにしている。

俺たちは、「ぴぴぴーズ」のオンラインのファンサークルで出会った。気が合ったというより、職場や家が近所だという理由で四人だけでよく会うようになった。

「キモ」

ゴウタが言う。もさっとした大男で、隣町の金物屋の息子。日中は店を手伝っているらしいが、アマゾンで何でも買えるこのご時世に、金物屋って客来るのか？　と俺は思っている。

「マジ？」

サノが言う。隣町のヘアサロンの美容師。美容師のくせにめちゃくちゃ髪が傷んでいる。貧相なのをごまかすようにブルーグレイのメッシュを入れていて、場末のホスト感がある。

「お金もらえるの、それ？」

ミリアが言う。この町の書店に勤めている。俺のバイト先のコンビニとは駅を挟んで反対側だ。目が細くて顎が長くて胴長で、はっきり言ってブスなのに、態度がでかい。

二十三歳のミリアが最年少で、二十五歳の俺が最年長だ。みんな似たような年だってこ

する。

とだ。毎月二回か三回、サノが来られる時間に合わせて、夜九時に俺たちはこの店に集合
「いや、会話してないから」

俺は言う。俺が女に返したのは「はあ？」だけだった。女はそそくさと店を出ていった。

もちろんコピーはとらなかった。

「お金もらってやれるならいいじゃん。お金の交渉しなよ」

ミリアが言う。似合わないのに悪ぶるのがうざい。

「ブスなんだろ？」

ゴウタが決めつける。

「ブスっていうか、ババアだし。ってか、どう考えてもメンヘラだろ」

俺は「メンヘラ」の意味がよくわからないまま言う。

「えー、金もらえるなら、俺ならやるな」

サノが言う。

「いくらならやる？」

ミリアが聞く。

「二万。いや三万。女にもよるけど」

「安」

「俺、十万でも無理。キモすぎる」

ゴウタが言う。おまえに頼む女はいねえよと俺は思いながら、十万なら考えるかな、と言ってみる。

「そうだよ、十万って言ってみなよ。それで奢《おご》って」

「なんで俺の体でおまえらに奢ってやんなきゃなんないわけ」

「減るもんじゃねえし」

カウンターの上には、ピザと鉄板ナポリタンと、タコのアヒージョとアボカドのサラダなんかが並んでいる。いつも同じものしか頼まない。四人とも自分以外の誰かのために取り分けてやるというようなことはせず、各自が食いたいものに手を伸ばして口に運ぶから、そこらじゅう食べもののクズや汁で汚れている。

俺に起きた出来事のおかげで、というか俺がそれを話す気になったせいで、今日は最近にしては盛り上がっている。このところずっと、ここへ来ても話すことがなかった。先月、「ぴぴぴーズ」の作者を中学時代の「いじめ」の首謀者として告発するブログが拡散されたせいだ。「ぴぴぴーズ」の作中で、四人の高校生たちがそれぞれの秘められた能力を使って解決する事件の中に「いじめ」もあるのだが、描かれた「いじめ」そのままのことを、中学時代の作者が率先してやっていたという話。「しゃれになんねえ」「でも、俺たちには関係ねえ」「作者の過去とかどうでもいい」ということで俺たちの意見は一致したが、それきり「ぴぴぴーズ」については話さなくなり、そうしたら「ぴぴぴーズ」以外のバカ話もなんだかできなくなって、というか、これまで何を話していたのかわからなくなって、以前ほど楽しくなっていたのだった。いや、以前もべつに楽しくはなかったのかもしれない。ただ、楽しいはずだと思い込んでいたのかもしれない。

日付が変わる頃、俺たちは店を出た。サノとゴウタは電車に乗るために駅のほうへ、俺とミリアはそれぞれのチャリを押しながら、住宅街のほうへ。

夜が更けても空気はじっとりと蒸し暑いままだった。梅雨が明けてから、缶詰になって熱湯の中で一日中茹《ゆ》でられているみたいな夏が続いている。俺はチャリに跨《またが》ってさっさと自分のアパートに帰りたいが、前回そうしなかったから仕方なく押して歩いている。前回、俺はミリアをアパートに連れて帰って、やってしまった。なんか最近盛り上がらないねみたいなことをミリアが言い出して、まあしょうがないよな、みたいなことを俺が返して、そうしたらそういう雰囲気になって、俺が誘ったらミリアがついてきて、そうなった。そのことを俺はめちゃくちゃ後悔している。ミリアもそうだと思う。俺たちは、俺たちがやってしまったということについて、やった直後から――なんならやっている最中から、なかったことにしていた。

「線路の向こう側の、細長いビル、わかる？　お米屋さんの隣の」

ミリアが言った。もうチャリに乗っちまおうと思っていたのに、それでまたトロトロ歩き続けることになった。

「二階のタイ料理屋にたまにランチに行くんだけど、こないだ行ったら、下にあたらしいお店ができてたんだよね。スペインバルだって」

「へー」

「そこで飲みたいな。ドアとかガッチリしてて、なんか高そうなんだけど。十万もらったらそこで奢ってよ」

「やだよ、そんな店。かったりー」

大学の敷地に沿った歩道を俺たちは歩いていく。道の端に何かが落ちている。子供サイズの赤い帽子だ。ミリアが自転車の前輪の角度を僅かに変える。そして彼女の自転車は落ちている帽子を踏んでいく。俺に見せるためにそうしているんだろう。俺はうんざりして、今度こそ自転車に跨った。


「ぴぴぴーズ」の四人の中で俺が一番好きなのはドクダミだ。チビで天然パーマで、毒舌で嫌味ばかり言うドクダミ。でも心の底はやさしいやつで、ほかのやつらを助けるために行動する。ドクダミには人の心を読む超能力がある。でも、ほかの「ぴぴぴーズ」同様に、その力を一日に五分間しか使えないので、読み取りそこなって誤解してしまい、助けるつもりが逆効果になったりする。

その誤解から、ドクダミは、メンバーの紅一点で、五分間だけ未来に行ける能力を持つハマナスがサルスベリに恋をしていると信じている。それで、ふたりの恋を成就させるべくいろいろがんばるのだが、じつはハマナスはドクダミに惚《ほ》れている。そしてサルスベリは人間ぎらいのふりをしつつ、バオバブ——大男で天然で、五分間だけ過去に戻れる——

に惚れている。

ドクダミ以外のメンバーも、自分が誰に惚れられているかはわかっていない。それで、ことメンバー内の恋愛にかんしては、それぞれが良かれと思ってやったことが、関係をいよいよ混線させていく。それでもじわじわと、いい方向には進んでいる（今のところ、とくにサルスベリとバオバブ）。ドクダミも、ハマナスにちょっとときめいたりしているのだが、ハマナスはサルスベリが好きだと信じ込んでいるから、そのときめきを自分で受け入れようとしない。くるくるした髪を引っ張りながら「バグだろ」と呟《つぶや》いて、ウンウンとひとりで頷いているときのドクダミの顔を、俺はコミックスからコピーして自分のアパートのトイレの壁に貼った。この前ミリアを連れ込んだとき、それを見られたのも失敗だった。

作者の不祥事が拡散されても、「ぴぴぴーズ」のコミックス売り上げが落ちるということはないらしい。初回入荷ぶんは数日で売り切れて、今日並んでいるのは追加ぶんだ。

自動ドアが開く音がする。さっきから何度か開閉しているが、レジに会計に来る客はいない。水色のランドセルを背負った小三くらいのガキが、レジの前を通り過ぎながら、俺を見上げてニコッと笑う。変なガキだなと思いながら俺はピースサインしてやる。「ちょっと！」という店長の大きな声が響く。

バタバタという足音。自動ドアの音。駐車場を子供たちが駆けていくのが見える。ブルーやグリーンのランドセルが上下しながら遠ざかっていく。笑い声。店長が奥からモップを持って戻ってくる。

「あいつら、床に唾吐きに来てるんだよ」

言っている意味がよくわからないので俺は黙っている。そもそも俺は店長がきらいだし、店長も間違いなく俺をきらっている。

「じゃんけんで負けた奴《やつ》が唾吐いて逃げていくんだ。まったく、どういう育ちかたしてるんだろうな」

店長は床にモップをかけながら、忌々《いまいま》しげに言う。唾を拭いているというより唾を床に広げているみたいだ。

またドアの音がして、店長はキッと顔を上げた。が、入ってきたのは小学生のガキではなくてあの女だった。いらっしゃいませえ。店長が間が抜けた声を上げる。女は、まっすぐにレジに向かってきた。

「コピーをお願いしたいんですけど」

いつものエコバッグの中から、ぺらっとした紙を一枚取り出した。俺はコピー機のほうへ行った。コピー機の前にも、唾に見える液体が落ちていた。さっきの自分のピースサインを思い出しながら、俺はそれをスニーカーで床ににじりつけた。女は紙切れを俺に渡して、「読んで」と小声で言った。

どうしても子供がほしいです。

私の体には問題がありません（病院で調べました）。夫は病院へ行くことを拒否しています。子供は自然に任せたいという考えのようです。

でも、私はどうしても子供がほしいのです。この前も言いましたがあなたは夫と似ています。あなたとの子供であれば夫にも親戚にも気づかれないと思う。

もし何か言われたとしても、あなたのことは絶対に絶対に言いません。約束します。責任とか、義務とか、そういう負担はあなたにはいっさいかけません。必要であれば念書を書きます。一回だけでいいです。お願いします。お礼もします。

清水《しみず》さと子《こ》

パソコンで打ち込んだらしい活字で、そう書いてあった。女がコインを差し出したから、俺はそれを投入し、紙をコピー機にセットして、ボタンを押した。ガーッ。緑色の光が、女の嘆願の上を走る。

「五万円」

と俺は言った。女は目を見開いて、問いかける顔になる。

「五万くれるなら、やるよ」

女は俺をじっと見る。今日は髪を後ろでまとめていて、いつもより面積が大きく見える顔に、くるくるの毛が何本か汗で張りついている。化粧っ気がない顔は、暑さかべつの何かのせいでぶやっとふやけたように見える。全然、寝たいタイプの女じゃない。

女は小刻みに頷いた。排出口から出てきた用紙を掴《つか》むと、エコバッグから取り出したボールペンで、電話番号らしきものを書いて俺に渡した。そして原稿を回収もせずに、この前のようにそそくさと出ていった。


「ぴぴぴーズ」のファンサイト「ぴぴぴぴぴーズ」のオフ会は、日曜日の午後二時からという半端な時間に、吉祥寺《きちじょうじ》のカフェで開催された。俺たち四人は、四人で会うようになって以後は全体のオフ会からは遠ざかっていて、久しぶりの参加だった。

毎回、サイトの主催者の女が場所を決める。店内はだだっ広くて、やたらカラフルな惣《そう》菜《ざい》や甘いものを並べたショーケースを横目に入っていくと、奥の大きなテーブルにメンバーが集まっていた。俺は少し遅れたので、サノもゴウタもミリアも、もう来ていた。ほかに男が二人、主催者を入れて女が三人。サイトには、「十代から七十代までのファン」が登録していると書いてあるが、オフ会に来るのはいつも同じ顔ぶれで、みんな二十代半ばくらいだった。前回、俺たちが最後に参加したオフ会よりも人数は少ないが、すごく少ない、というわけでもない。

「新刊買った？」

俺が頼んだジンジャーエールが運ばれてきたタイミングで、主催者の女が言った。すでにほかのメンバーには確認済みで、俺だけに聞いているらしい。俺は頷いた。発売日に手に入れていた。だが、まだ開いていなかった。リュックの中に突っ込んだままだ。

「買うよね〜、やっぱり」

何がおかしいのか女はヘラヘラと笑い、ほかのメンバーも笑った。俺は笑いそこなった。

「星丸《ほしまる》先生も被害者っていうかさ。有名税だよね。だってあの程度のこと、よくあったじゃない？　みんな通る道だよね」

星丸先生というのは「ぴぴぴーズ」の作者のことだ。「あの程度のこと」というのはいじめのことだろうが、「みんな通る道」というのは、みんないじめたということか、みんないじめられたということか。俺は、いじめた側だった。かろうじてそっち側にいた、ということだ。

「机の中にウンコまでは、俺らはなかったけど」

「っていうかあれ、ウンコ集めるほうが罰ゲームじゃない？」

「そこ漫画に描いてほしかったよね」

「最新刊の表紙さ」

俺も発言した。

「あれ、サルスベリなんで号泣してんの？　号泣するシーンないじゃん、この先も」

「この先って、なんで桜井《さくらい》くんにわかるの」

主催者の女が言う。

「え？　連載リアタイで読んでるから」

「もっと先かもしれないじゃん。伏線じゃない？」

「そういうの今までなかったじゃん」

「今までなくても、これからあってもいいじゃん。なんでサクラが文句言うんだよ。編集者かよ」

　サノが口を出し、ゴウタとミリアが同意を示すように笑った。

「これ好き〜」

　主催者ではない女が言った。彼女が食っている焼き菓子——食いものはショーケースで選んで買ってくるシステムになっている——についての感想らしい。

「ここ好き〜」

　と主催者の女が言い、それから、この店の何がおいしいだの、それは残念ながら今日はなかっただの、日曜日はもっと早い時間でないとおいしいものはほとんど売り切れてるだのという話がダラダラと続いた。ほかのやつら同様に俺も適当に相槌《あいづち》を打ったりしていたが、だんだんがまんできなくなってきた。どうして誰も、何も、役に立つことを言ってくれないんだと思った。それを聞くためにここに来たのに。

　俺はポケットから小さく折りたたんだ紙片を取り出して、テーブルの上に広げた。なに、それ。餌を見せられた犬みたいに、ミリアが覗《のぞ》き込《こ》む。

「五万円くれるってさ」

　女が書き込んだ電話番号を指差しながら俺は言った。

「えー？　てか何、それ？　手紙？」

「マジ？　やりたければ電話しろってこと？」

「うわ、キモ」

「五万円って、交渉したの？」

主催者の女たちが不審な顔をしたが、何も聞かれなかったので、俺たちは俺たちだけで勝手に喋った。あっちはあっちでパンケーキとかフルーツババロアの話を続けている。

「電話するの？」

ミリアが聞く。

「しないと思うけど」

俺は言った。

「するかもしれないんだ？　まあ五万円ならもらいすぎくらいじゃないの、サクラなら」

「フン」

俺は鼻で笑って、ミリアを見た。たぶん、何か役に立つことを言っているつもりのミリア。でも全然俺の役には立たないミリア。

「俺たち、やったんだよな」

「えっ」「ゲ」と、サノとゴウタがそれぞれ反応した。ミリアはぎょっとした顔になった。

俺は瞬時に後悔したが、もう遅かった。

「なんで言うかな」

ミリアが言った。ニヤニヤ笑っていたが、必死にそうしているのがわかった。

「マジ？　付き合ってんの？」

ゴウタが言い、

「ない」

と俺とミリアの声が揃った。

「あー、やめてくれよそういうの。そういう話聞きたくない。キモい。マジうざい」

ゴウタが喚《わめ》きだし、主催者たちが迷惑そうに俺たちを見た。俺はテーブルの、中央よりは微妙に主催者たちに近いところに置いてある皿の上の、クッキーみたいなものに手を伸ばした。「みんなで食べよー」と主催者が買ってきてそこに置いたのだが、俺たちは誰も手をつけていなかった。

その菓子はびっくりするほど脆《もろ》くて、摘《つま》み上《あ》げると空中で分解した。ブルーグレイの安っぽい素材の天板の上に、レーズンやナッツや生地のかけらなんかが、死んだ虫みたいにぱらぱらと落ちた。


呼び出し音は鳴り続け、もう出ないだろうと、切ろうとしたところで繋がった。

女は黙っていた。それで俺が「ども」と言った。

「五万円の、俺ですけど。子種の」

隣でミリアが、わざとらしく大きな笑い声を立てる。俺は彼女を睨《にら》んでだまらせた。

「コンビニの……」

女のか細い声が答え、

「そう」

と俺は言う。オフ会のあと、俺たち四人は揃ってバスに乗っていた。最後部座席に、サノ、俺、ミリア、ゴウタの順で並んで座っている。車内はそんなに混んでいない。前方を、部活帰りらしいジャージ姿の中学生たちが占めていて、制汗剤の匂いが立ち込めている。

女に電話して五万円せしめろと、ミリアがしつこく言い、今ここからかけてみろよとサノが言い、ゴウタはキモいキモいと言うだけだったが、俺は電話をかけることにした。誰も役に立つことを言ってくれないなら、そうするしかない気がした。

「これからなら、俺、時間あるんですけど」

「えっ、ほんとに？」

しばらく間があった。それから「どこで？」と女は聞いた。

「俺んちで」

「わかりました。どこへ行けばいいですか」

俺たちは全員、俺のアパートに近い停留所でバスを降りた。少し歩くと川があり、女とは橋の上で会う約束をした。橋の少し手前で俺はひとりになり、あとの三人は、他人のふりをしてついてくる、ということになった。橋の上に、待っている人影はなかった。俺は橋の中央辺りに川を見下ろしながら立ち、三人は俺の反対側の欄干の端に位置を取った。

どうしても女の顔が見たい、と言い張ったのはミリアだった。サノが同調し、ゴウタはキモキモ言いながら一緒にバスを降りた。俺は三人のほうをちらりと見た。あっちもこっちをチラチラ見ている。ミリアとサノはにやにやしているし、ゴウタは挙動不審だ。これじゃあ女が来てもギャラリーがいることにすぐ気づいて、踵《きびす》を返すんじゃないか。俺がそう思ったとき、三人の向こうに女があらわれた。日傘で顔の上半分が隠れていたが、水ぶくれしたような体形やそれをわざわざ強調しているようなワンピースや、誰かを探しながら逃げる準備もしているみたいな歩きかたで、すぐにわかった。女はミリアたちには目もくれず、俺目指して足取りを速めた。

日傘の下の女の顔には、汗の粒が無数に浮かんでいた。十分に蒸し暑い夕方だったが、女の汗は気温のせいではないように思えた。風呂上がりみたいな化粧っ気のない顔に、唇だけ赤くぬらぬらしている。

逃げるように俺が歩きだすと、女は小走りになってついてきた。

橋脚と川の土手に二方を囲まれた、溝みたいな場所に俺が住むアパートはある。

俺はドアを開け、女に中に入るように促した。女は玄関の三和土までは入ってきたが、俺が靴を脱いで上がっても、「入れば?」と声をかけても、ずっとそこに突っ立っていた。

「入んないの?」

自分の部屋のしょぼさにあらためてうんざりしながら俺は言った。乱雑だったり不潔だったりしたほうがマシに思えた。俺は案外きれい好きだから、築三十二年の1Kはそれなりに住みやすく整っている。でもそれがかえって貧乏くさい。女はきっとそう思うだろう。俺はエアコンを稼働させ、パイプベッドの上に腰掛けて待った。それでも女が入ってこないので、玄関へ行くと、女はまだ靴を履いたまま、閉めたドアに背中を貼りつけるように後退した。

「やっぱり、無理」

と女――このとき突然俺は、女の名前が清水さと子であることを思い出した――は、陸《おか》に上がった魚みたいな様子で言った。

「なんで」

と俺は言った。

「子種がほしいんだろ」

女は首を振った。

「ほしくないの?」

女はやっぱり首を振った。

「いいじゃん。やろうよ。誰にも言わないから。やさしくするから」

俺はなぜかむきになった。性欲なんかは一ミリもなかった。むしろ、こんな女と俺はやれるのか、そもそも勃《た》つのかと思っているのに、女を帰したくなかった。

いや、やっぱり性欲なんだろうか。なぜなら女を部屋に上げれば、俺にできることは性交だけだからだ。女と――清水さと子と話したくなんかなかった。彼女の夫のこととか、彼女がどうしても子供がほしい理由とか、そういうことは知りたくもなかった。

「ごめんなさい……ごめんなさい……お金なら払いますから……」

清水さと子は譫言《うわごと》みたいに言った。それでも体は俺のほうを向いていて、すぐ後ろのドアを開けようとはしない。

「金なんかいらねえよ」

俺が一歩踏み出すと、清水さと子は突然パニックみたいになって、ヒーッと叫びながら、エコバッグの中に手を突っ込んだ。

彼女が俺に向かって投げつけたものが、三和土の上にはらりと落ちた。それは一万円札だった。

清水さと子は飛び跳ねるようにしてドアノブを摑み、ドアを開けて逃げていった。

その一万円で、俺は三人に奢った。

もちろんミリアが言っていたスペインなんとかじゃなくて、いつもの店で。三人とも調子に乗ってボトルワインやふだんは食わないものを注文しまくり、足が出て、そのぶんは割り勘にさせた。

あの日、女が逃げていったあと、俺も外に出て辺りを窺うと、三人はもういなかった――さすがに蒸し暑い中で俺と女のセックスが終わるのを待とうという気にはならなかったのだろう。だから俺は、女はやる気満々だったが俺が勃たなかったことにした。それで一万円もらえたなら御の字だろうというわけだ。無理だった、と俺は言った。汗だくで、ぶわぶわで、口が臭くて。ミリアとサノとゴウタはゲラゲラ笑って、情けないとかしょぼいとか無理もないとか言った。だが、根掘り葉掘り聞かれることもなく、その話はわりとすぐに終わった。三人が俺の話を信じたかどうかはわからない。なんとなくわかったのは、三人とも俺同様に、その話はあまりしたくないんだろうということだった。

そしてそのときが、俺たち四人のオフ会の最後になった。正確に言えば、次に集まったときには腹を壊したとかどうとかでゴウタが来なくて、その次にはミリアがブッチしてゴウタもやっぱり来なくて、俺とサノだけであとのふたりの悪口を言いながら小一時間飲んで、それきりになった。俺たちはＬＩＮＥのグループを作っていて、誰かがそこで招集をかけるという方法で集まっていたのだが、誰のメッセージも届かないまま、時が過ぎた。ファンサイト「ぴぴぴぴぴーズ」のオフ会の知らせはときどき届いたが、そっちも行く気にはならなかった。ほかの三人はどうだか知らない。

でも、俺はしばらくの間、「ぴぴぴーズ」のウェブ連載を追い続けた。

サルスベリの号泣シーンが、いつか出てくるんじゃないかと思ったからだ。だがいつまで経《た》ってもサルスベリは号泣しなかった。それどころか、放課後の校舎でバオバブとふたりきりになって、バオバブからちょっとやさしくされて、頬を赤らめる、というシーンがあった。あのサルスベリが、だ。赤くなっているサルスベリの顔はみっともなかった。これが伏線で、もっとずっと先で、たとえばバオバブから告白されたりして、サルスベリは号泣するんだろうか。そういうことなんだろうか。俺はそう考えてみたが、それをたしかめることはなかった。

「ぴぴぴーズ」のサイトでは、漫画の感想を読者がコメントすることができるのだが、そのコメント欄に、いじめの件で作者を責めるコメントが増えてきたせいだ。十三巻の表紙のサルスベリの号泣について書いているコメントも、俺は見つけてしまった。ちゃんと読まなかったが、「おためごかし」と書いてあった。その頃から、俺は「ぴぴぴーズ」の更新を追わなくなった。トイレの壁のドクダミの顔も、はがして捨ててしまった。

俺が女を見たのは冬だった。

清水さと子。瞬間、ずっとそこにあったみたいに名前がよみがえった。俺は宅配便のドライバーになって三月目《みつき》だった。コンビニのバイトは秋に辞めていたが、清水さと子は俺の部屋から逃げ出して以来、コンビニには一度もあらわれなかった。

信号待ちをしていたら、信号の向こうの右側の歩道を、こちらに向かって歩いてくるのが彼女だった。あいかわらずぶわぶわしていた。さらに太ったんじゃないか。俺はそう思い、それから、太ったんじゃなくて腹がでかくなってるんだ、ということに気がついた。

茶色いモコモコしたコートを着ていたが、前をはだけていたので、その下のセーターを長くしたみたいなワンピースの腹がぽこっと出っ張っているのが、近づいてくるにつれはっきりわかった。というか清水さと子は腹を強調するように、両手をその丸みの下にあてて歩いていた。何かを思い出しているみたいに、でなければ誰かが隣にいるみたいに、ばかみたいにニヤニヤしていた。妊娠してんじゃねえか、と俺は思った。あの腹の中にいるのは彼女の夫の子供なんだろうか。それともべつのコンビニにコピーを取りにいって、今度は逃げずにやったんだろうか。そいつは俺よりずっとマシな男だったんだろうか。

彼女がこっちを見た気がした。宅配便のトラックの運転席にいる男が俺だと認識できる距離ではなかったが、一瞬、俺のまわりで世界が静止した。

そして俺は思い出した――彼女の中に入ったときのことを。温かくてやわらかいものでおし包まれる感覚、そのときの彼女の顔、俺の肩に彼女の爪が食い込んだときの痛み。俺は清水さと子とやらなかったのに、俺はそれらを記憶している。

その記憶を、俺はときどき取り出してみる。取り出すたびに、それは俺にとってとても素敵な、大切な、宝物のような記憶になっていく。

あたらしい
日よけ

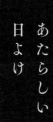

ストライプは薄茶と白、それに細いピンク色の線が、アクセント的に入っている。テーブルの上を拭きながら、由加子《ゆかこ》はそれを眺めていた。こんな柄だったのだ、と思い、それからあらためて、それがそこにあることに気がついた。

昨日はひどい台風だった。豪雨とともに、家を揺らすほどの風が吹いて、朝起きると二階のベランダの日よけが飛ばされていた。テレビのニュースでしきりに繰り返される警告に従って、雨戸を閉めたり植木鉢を家の中に入れたりはしていたのだが、軒先から垂らしてベランダの柵に結びつけていたそれのことだけ、すっかり忘れていたのだ。夫の規《ただし》が今朝、近所の様子を偵察しがてら探しに行って、隣のマンションの駐輪場に落ちているのを見つけてきた。木の枝か何かに引っかかったらしく真ん中に大きな鉤裂《かぎざ》きができていて、もう使えない。それで次のゴミの日に捨てるつもりで、まるめて店の隅に置いてある。ランチタイムの客が来る前に、あれを店の裏に持っていかなければ。

東京郊外のベッドタウンで、規と由加子は、小さな定食屋を営んでいる。駅からはずいぶん距離がある場所だが、近くに会社が幾つかあるのと、ほかにファミレス以外の飲食店がほとんどないという環境が幸いして、そこそこやっていけている。老舗《しにせ》の日本料理店に勤めていた規が四十歳で独立し、店舗兼住居をここに買ってから五年になる。

その日、最初の客は猿渡《さるわたり》さんだった。川向こうのマンションで住み込みの管理人をやっている初老の男性だ。運動になるからと一キロほどを歩いてくる。よかった、やってた。入ってくるなり妙なことを言った。

「なんで？　看板でも飛んでた？」

まだほかの客がいなかったから、カウンターの向こうから規が軽口をたたいた。

「いや、ホワイトボードが真っ白だったからさ」

「えっ？」

由加子が表を見に行った。ホワイトボードには毎日、自分が日替わりランチ二種を記して、ドアの横の壁に吊《つ》るしてある。たしかに猿渡さんの言う通りだった――ボードに専用ペンで書いた文字がすべて消されているのだ。掌《てのひら》かティッシュペーパーか、何かで雑に拭ったあとが見てとれる。

「やあねえ、いたずらかしら」

ひどくいやな感じがしたが、できるだけあかるい声でそう言って、由加子はホワイトボードを持って入った。カウンター席の端に腰掛けて、もう一度書いた。A、かつ煮。B、鯵《あじ》フライ。どちらも味噌汁、ごはん、小鉢付き。

「じゃあ俺、鯵フライね」

「はいよ」

男たちはさして気にもならない様子だった。由加子がボードをあらためて出しに行って戻ってくると、台風のことを喋っていた。

「緊急ナントカ警報、ドキドキするよな、ひっきりなしに鳴ったもんな」

「川沿いには避難指示出たみたいだよ。あの川で出たのはじめてだって」

「マンションは被害なかったのか」

「うん、大きなのはなかった、ただ管理人としては、あとがいろいろ面倒くさくてさ」

「なんで」

「風すごかったじゃん？　やっぱりベランダからいろんなもんが飛んでったり、飛んできたりしたわけさ。それを俺んとこに言いにくるんだよ。どこに飛んでったのか探してくれとか、それはまだいいんだけど、飛んできた竿《さお》で自分とこの何かが壊れたとかへこんだとか、どこのどいつがこんなもの飛ばしてきたのか調べてくれとかさ」

「あー、そりゃ大変だ」

うちも二階の日よけが飛んでさ……と規が言いかけたところで、次の客が入ってきたので会話は終わりになった。

ランチタイムは二時半に終わり、午後四時過ぎに由加子は買い物に出た。

八月の最後の週だ。この辺は土も木も多いから、アスファルトだらけの都心よりはましらしいが、それでもまだじゅうぶんに暑い。由加子は額から滴る汗に瞬《まばた》きしながら自転車を漕《こ》いだ。

川沿いの道を下っていく。水面はやはり上がっていて、音をたてて流れている。昨日はもっと上まで水が来ていたのかもしれない、岸辺の低木や草がなぎ倒されていびつな格好になっている。空気は少し生臭い。土手にも橋の上にも人がいて、普段とは違う川を眺めている。

市場は橋の向こうにある。元は業者向けの卸売り専門だったのが、今は地産野菜を主力商品にした一般客向けのスーパーになっている。由加子はカートを押して建物の中に入った。夫から言いつかった味醂《みりん》の瓶と削り節を五パック、豆腐五丁をカゴに入れ、野菜売り場へ移動した。

今日、野菜を買う予定はなかったが、まだ土の匂いがするような野菜が並んでいるから、いつでもちょっと見て回りたくなる。近くの小さな飛行場からプロペラ機が飛んで、離島のめずらしい野菜なども手に入る。はちはちしたトマト、みずみずしい玉蜀黍《とうもろこし》、盛りカゴからぴゅんぴゅんはみ出しているさやいんげん。ズッキーニの花に詰め物をして揚げる料理を、この前テレビでやっていた。食べてみたいと思うけれど、うちの店で出すような料理ではないだろう。黄色いふわふわした花はオクラで、天ぷらやお浸しにするとおいしいという説明書きがついている。これなら……と由加子は思うが、結局、手に取っただけで元に戻す。

広い店内に、ほかに五、六人の客がいる。野菜ばかりじっと見ていたらなぜか顔を上げにくくなり、ただ客たちの声だけを、雨だれみたいに聞いた。やっぱり今日はみんな台風の話をしている。こわかったわね。ええ、うちは大丈夫。さすがにここも早じまいしましたよ。この頃はひどいよね。温暖化でね。今年は茸《きのこ》がだめだね、全然採れないらしい、えらく高い……。

帰りは修道院の塀の横を通ることにした。急勾配の上り坂なので自転車を押して歩かなければならないが、川沿いの臭いをもう一度嗅ぎたくなかったのと、こちらの道のほうが西日が遮られるから。さっき野菜を見ていたときと同じように、由加子は路面の滑り止めをひとつずつ数えるようにして坂を上った。顔を上げたのは、息子の声が聞こえたからだった。

坂の終わりの、修道院の門のそばに彼らはいた。そこだけ少し道幅が広くなっている場所に、公立中学の制服を着た五人の少年と彼らの自転車が、台風で吹き寄せられた何かのように集まっていたのだ。夏休み中も息子の潤一《じゅんいち》は毎日、バドミントン部の練習に出かけていく。その帰りなのだろう。息子の声は由加子に向けられたものではなかったが、上ってきた由加子に少年たちはまるで牛でもあらわれたかのような視線を向けた。そのときに潤一ははじめて母親に気づいた様子だったが、由加子は声をかけなかった。息子も素知らぬ様子をしていた。中学一年、十三歳の男の子は、仲間の前で母親から声をかけられることを恥ずかしく思うだろう。自分が再び顔を伏せて素通りした理由を、由加子はそんなふうに考えた。

このことを夫に言うべきだろうか。

一方で、由加子はそう考えていた——息子たちをあとにして、自転車に跨り、あらためて漕ぎ出しながら。

たとえば息子が発した声にぎょっとしたこと。ありえねえんだけど。たぶん彼はあの場にいた中のひとりの子に向かってそう言ったのだが、それはひどく乱暴でいやな感じの、今まで聞いたことがないような声だったこと。それに、そういう印象はあの少年たち全体にあって、川の臭いや水で打ち倒された草木を見たときのように心がぎゅっとなって、俯いたのは本当はそのせいだったこと。そういうことを規に話すべきだろうか？

話すべきかもしれないが、私はたぶん話さないだろう、と由加子は思った。息子たちはただ立っていただけで、殴り合いをしていたわけでもないのだし、息子はこわい目に遭ってはいなかった。話す可能性はゼロではなくて、三パーセントくらいはあった。だが家に戻ると、あらたな厄介ごとが起きていて、その三パーセントはあっというまに消えてしまった。

住居のほうの玄関にふたり連れの男女が来ていた。由加子と規よりもふた回り上くらいの、身なりのいい人たちだった。上《あ》がり框《かまち》で応対していた規に目顔で促され、由加子は会釈しただけで家の中に入った。ふたりの男女は会釈を返さなかった。玄関のすぐ横のミニキッチンに入って耳をすましていると、「気持ちが悪い」「いやらしい」「見るに堪えない」といった言葉が聞こえてきた。喋っているのはおもに男のほうで、それほど声を張り上げているわけではなかったが、妙にはきはきとしていて澱《よど》みない、メモを読み上げているような喋りかたで、そんな言葉が礫《つぶて》のように耳に届いた。

十分ほどしてふたりが立ち去った気配があったが、規は家の中に入ってこなかった。しばらくしてから、おーいと由加子を呼ぶ声がした。出て行くと規は、玄関の前の細長い庭に立って二階を見上げていた。

「見てみろ」

と規が言うのは二階のベランダのことだった。日よけが飛んだところだ。

「あの戸袋のシミが、女のあそこに見えるって言うんだ」

由加子は戸袋ではなく夫の顔をまず見てしまった。さっきの息子のときと同様にショックを受けていたが、今は口調というより言葉そのものにだった。「女のあそこ」などという単語を夫が口にしたことはこれまでなかったが、彼はそのことに気づく余裕もないというように妻の顔を見返そうとはしなかった。

戸袋というのは雨戸のそれだ。茶色の鉄製で、たしかに真ん中辺りに、何の作用なのかわからないが塗料が剝げたようなシミができている。今までは日よけがあったせいで気がつかなかった。だが気づいたところで、ただの経年劣化としか思わなかっただろう。

「あの人たち、それを言いに来たの？」

「ああ。そこのマンションの、ちょうどうちの二階と向かい合う部屋に住んでいるらしい。書斎だかなんだかの窓からもろに見えて気分が悪いと言うんだ」

「そんなの……そう見ようと思わなければそんなものには見えないわ」

「俺もそう言ったよ、でも自分にはそう見えるんだから仕方がないという一点張りさ」

「どうしろって言うの？」

「元のように見えないようにしろってさ。何様かよっていうんだ。ほっとけばいいのさ」

「あの人たちに、そう言ったの？」

「ああ、言った。それならこちらにも考えがありますとか、しかるべきところに相談しますとか、利いたふうなことを言い返してきたよ。脅してるだけさ。あらためてあいつらが来ても、もう構うな」

吐き捨てるようにそう言って、規は家の中に戻っていった。取り残された由加子はまるで自分が怒られたような気分になって、呆然《ぼうぜん》と立ちつくした。


結婚した当初は、もう少し都心に近い場所の賃貸マンションに住んでいた。

ああ、せいせいしたなと、今の家に越してきたとき、規はしきりに言っていた。マンションに住んでるときは、箱に閉じ込められてるみたいだったもんな、と。夫の郷里は山形で、育った家は素朴な平屋ながらも、広々とした田畑に囲まれていたから、窓を開けても立ち並んだ家々の壁や屋根しか見えないマンションの部屋は、よけいに狭く感じたのかもしれない。

由加子にとっては、けれども、今の家のほうを箱のように感じている。住むところと働くところが一緒になったせいかもしれない。マンション住まいのときは勤めに出ていた規は、今はドア一枚向こうの店にいて、由加子自身ももうパートに出たりせず、夫の仕事を手伝っている。

家でもお店でも一日中ずうっと旦那さんと一緒って、どんな感じ？　ときどきそんなふうに聞く人がいる。そういう人たちはたいていその質問の中に、自分ならそんな生活は耐えられない、というニュアンスを含ませているけれど、由加子はいやだと感じたことはない。「箱」は由加子にとって悪いものではないのだった。夫のことを熱烈に愛しているとか、一時も離れていたくないとか、そういうこととはたぶん違う。以前のマンション暮らしのときは、夫が家にいる週末は、いない週日よりも気が重かった。今だって四六時中顔を突き合わせていればいらいらすることもあって、小さな喧嘩は日常のことだ。でも、それとはべつに、何か絶対的な穏やかさがあって、その感覚は今の住処《すみか》を箱みたいに感じていることと繋がっている。この狭さ、この囲われた感じ。木造の固い柱と壁とに囲まれていても、その内側が綿入れでも張ってあるみたいにふわふわと柔らかい感じ。自分の世界がこの中だけでできあがっている感じ――そこに閉塞感というより安心感を由加子は覚える。

その家を、こんなふうに外側からじっと眺めるのは久しかった。戸袋のシミが、言いがかりなどではなくて本当に「女のあそこ」みたいに見えてきて、するとそこからシミがじわじわと広がったかのように、家全体が見知らぬ家みたいに見えてきた。由加子は急いで家の中に入った。

「アマゾンに注文したよ」

拗《す》ねた子供のような口調で、規が由加子に報告したのは、それから数日後のことだった。

「アマゾン？　何を？」

「もめるのも商売に差し障るからな」

あたらしい日よけを買ったよ、と規は言った。

独立して店をはじめたばかりの頃、規は小さなノートパソコンを一台買った。それからしばらくの間は、レビューサイトなどで店の評判をたしかめていた。その頃には毎晩パソコンで検索するのが日課のようになっていたが、あるときぱったりやめてしまった。以後はむしろ、インターネットアレルギーとでもいうべき状態になって、レビューサイトを見ないのはもちろん、ほかの用途でもほとんど利用していない。由加子もそうだ——そもそも、パソコンの使いかたがいまだによくわかっていない。ツイッターやフェイスブックも、そういうものがあるらしいことを知っているというだけだ。情報は、テレビと新聞があれば十分だとふたりとも考えている——正確に言うなら、規のそういう考えかたに由加子が追随している、ということになるのだろうけれど。

ねだられて潤一にはスマートフォンを持たせているが、規も由加子も、いまだにいわゆる「ガラケー」を使っている。親から電話がかかってくるのはうざいから、連絡はLINEにしてくれよと潤一からは再三言われていて、由加子も保護者同士の連絡網など、LINEだけは使えたほうが便利だという気持ちもあるのだが、規はそれも頑として拒否している。嫌悪というよりは恐怖に近いもの——まさに、重篤なアレルギーの人がアレルゲンに対して抱いているような——が、夫にはあるようだ。

唯一、インターネットを使っているのがアマゾンでの通販なのだった。以前の日よけもそこで買った。西日がもろに差し込むせいで、寝室にしている部屋が夏場にひどく蒸れることがわかって、規が急遽《きゅうきょ》、注文した。アマゾンは、たいていのものが翌日に届く。メーカーを決めて買っている油などは実店舗に買いに行くよりも早かったりする。だからこそ利用しているのに、今回、あたらしい日よけは翌日になっても翌々日になっても届かなかった。

規がサイトのフォームから問い合わせたのが三日目で、その返事が来たのが四日目だった。出店している業者の在庫管理のミスがあって、明日以降の発送になるという。規は待つことにしたらしい。キャンセルして、ホームセンターで買ったほうが早いんじゃないかしらと由加子は言ってみたが、そんな手間はかけたくないと、夫は取り合わなかった。アマゾンでのこうしたトラブルははじめてで、仕組みがよくわからないことで苛立っていたし、意地みたいな気分もあるのだろう。

その日の夕方、隣のマンションの夫婦がまたやってきた。夜の営業が始まる少し前で、規とともに由加子も店のほうにいた。灯《あか》りがついていたせいだろう、店の引き戸がいきなり開いた。夫婦だけではなく、もうひとりいた。彼らと同じ年配の、ゴルフウェアのようなものを着た恰幅《かっぷく》のいい男性で、同じマンションの住人だとのことだった。

「今ね、彼にも見てきてもらったんですよ、この前は、私たちの目がおかしいようなおっしゃりようだったので……」

この日は女のほうが話し出した。規が、これ以上中に入れまいとするように引き戸の前に立ちはだかったが、由加子はカウンターの中にいたから、成り行きがすべて見てとれた。

「いや、あれはまずいですよ、あれはさすがに。そう見えないというほうが不思議だと思いますよ」

ゴルフウェアの男がすかさず言った。

「明日管理組合の会合がありますのでね、ほかの皆さんにも聞いてみようと思ってるんですよね」

「わざわざ見に来なければすむことでしょう」

ぶっきらぼうに規が言った。臆していることが由加子にはわかる。

「見えるんですよ、見たくなくても。うちだけじゃない、駐輪場に自転車を停める子供たちだって、ひょいと見上げればあれが目に入るんですよ。猥褻物《わいせつぶつ》陳列罪ですよ、もはや」

「何を大げさな……」

「大げさじゃないですよ、とにかく住人の皆さんに聞いてみますから。それで意見がまとまったらね、警察に相談するという方法もあるわけでね」

「買いましたよ、日よけを。もうすぐ届くから、それでいいでしょう」

とうとう規はそう言った。夫が言わなければ自分が言おうと由加子は思っていたにもかかわらず、ひどく屈辱的な感じがした。マンションの住人たちはそのあとも、この数日の気分の悪さとか公衆道徳の認識がどうとか謝罪の言葉をまだ聞いていないとか、学級会の子供たちみたいにどこか得意げに口々に言い募ってから、ようやく立ち去っていった。


その夜には猿渡さんが飲みに来た。それに、夜だけときどき顔を見せる、近所の岩田《いわた》さんも。猿渡さんと岩田さんは顔見知りなのでカウンター席に並んで座っている。

「うちは木が一本折れたよ、細い木だったけど絡ませてたモッコウバラごとやられた」

やっぱり台風の話になるようだ。

「それってあれじゃない？　台風と見せかけて、例の隣のオヤジの仕業じゃない？」

「うちの奥さんも同じこと言ってたよ。さすがにそれはないだろ、あの嵐の中で剪定鋏《せんていばさみ》ふるってたっていうなら、逆に尊敬するよ」

「いや、冗談でもないんだって。うちのマンションでもそういうの結構あるんだよ。仲の悪い家のベランダに、この際とばかりあれこれ投げ込む人、いるんだよ」

「あれこれ」

「ゴミとか割れたガラスとか、カラスの死骸とかさ」

「カラスの死骸まで投げ込んじゃうの？　っていうか、そのためにカラスを殺すわけ？」

「いや、そこまではわからんけど。とにかくなんでもありなんだよ、台風」

「台風の問題じゃないだろ」

カウンターの中にいる規は会話には参加しなかった。日よけの一件を彼らに話すつもりはないのだろう。そう思いながら由加子はテーブル席の客に料理を運ぶ。耳をそばだてているせいで、茄子《なす》の田楽を盛った四角い皿を、無意識にテーブルの木目に合わせて妙にきっちりと置いてしまった。

その席には、はじめて見る男女が座っている。由加子や規と同じくらいの年回りの、黒いTシャツの男、その妻であろう、白い木綿《もめん》のシャツの女。まくりあげた袖から細い手首が見えていて、その手首には赤い革紐《かわひも》のブレスレットが巻きついている。うちにはそぐわない客だ、と由加子は思う。きっと向こうも同じように感じているだろう。うっかり入ってしまってから、店選びを間違った、と思っているだろう。そういう気配は客商売をしていれば察知できるようになる。

カウンターの上にはテレビがあって、ニュースでやっぱり台風のことをやっている。被害がひどかった海沿いの町の様子が映っている。ブルーシートで屋根や窓を覆った家々、倒れた木、傾いた電柱。防災服を着た総理大臣が、お供をぞろぞろと引き連れて歩いている。チャンネルを変えたいと由加子は思うけれど、テーブル席のふたりが観ているので変えられない。

「今頃になって来たってねえ」

白いシャツの女が言った。黒いTシャツの男に向かって呟いたのだが、ちょうどカウンターの会話が途切れたタイミングで、その声は店の中にぽかりと浮いた。

「ただのパフォーマンスだからな。見てみな、あの顔。目の前のこと、実質的に何も見えてない顔だよ」

あらためて店じゅうの人間に聞かせるような口調で、男が引き取った。由加子は舌打ちしたいような気分になった。予感が当たったと思った。いかにも、こういうことを言いそうなふたりだった。案の定、そのあとの店内の空気はなんとなく微妙なものになった。

「ブルーシート詐欺っていうのがあるんだってね」

その空気を修正するように猿渡さんが言った。

「そういうのって、あっという間に出てくるよね。ある意味頭がいいんだろうね」

岩田さんが言った。

「台風の前に、ホームセンターでブルーシートが売り切れたっていうじゃない」

「詐欺師が買い占めてるってこと?」

「いや、テレビが煽るじゃない? 最大級の危険だとかなんとか。それでみんなとりあえずブルーシート買うんだよ、で、台風が終わって家が無事だと、返品するんだって」

「しょうがねえなあ。店もそんなの、拒否すればいいのに」

「でもほら、今はあれじゃん？　下手なことするとすぐにネットに書かれるから」

「とうとう人が死んだわよ」

白いシャツの女の声がまた割り込んできた。声を張り上げているわけでもなく、むしろぼそぼそした声なのに、どうしてこの女の言葉はよく聞こえるのだろうと由加子は思う。猿渡さんも岩田さんも規もそれに由加子も、いっせいにそれまでしていたことをやめて女を見た。女が観ているのはテレビで、そこには外国のデモが映っていた。

「俺も買っとこうかな、ブルーシート」

姿勢を戻して岩田さんが言った。

「俺んとこ二枚あるから、一枚あげようか」

「ほんと？　じゃあ買うよ」

「いいよ、金なんか」

由加子は店の外に出た。これもやっぱり予感だった。夜の営業時にはホワイトボードに、本日のおすすめの主菜を記してある。それがやっぱり消されていた。


あたらしい日よけは、翌日になっても届かなかった。由加子と規はそのことについて話さなかった。翌日曜日は定休日で、午前中に宅配便の配達があったが、日よけは届かなかった。昨夜から考えていたことを由加子は決心した。ちょっと買い物に行ってくるわと規に言って、自転車に跨った。

ホームセンターで買ったのは日よけではなくて塗料だった。店員に教わって、鉄専用の、濃いブルーのものを買った。日よけは売り場をちらっと見ただけで買わなかった。夫を傷つけたくなかったし、彼が注文した日よけは、明日か明後日かその次の日か、とにかくいつかは届くだろう。家に日よけがふたつあることになったら、余った日よけがこの件の記念品みたいになってしまいそうでいやだった。

家に戻ると由加子は夫には何も言わぬまま、二階のベランダに上がって塗りはじめた。やってみれば簡単なことだった。塗料の缶を開け、一緒に買ってきた刷毛を塗料に浸して、戸袋に塗るだけだ。そこからは遠くに川が見えた。もう水はすっかり引いている。普段はほとんど流れもない川なのだ。土手に少年たちが群れていた。中のひとりは潤一だ。日曜日でもこの頃はさっさと家を飛び出していく。制服を着ていないから今日は部活ではなさそうだが、家でほとんど話さないから何をやっているのかはわからない。この前、坂道で偶然会ったこともふたりとも黙っている。あの子だけがこの家から出ていく。土手の上で万華鏡の模様のようにうごめいている少年たちから目をそらして、そんな考えがふっと浮かぶ。いや、そんなことはないと、由加子はすぐに思い直す。夕方にはちゃんと帰ってくるんだから。もう一度土手に目をやるべきなのかそうでないのかがわからず、その気持ちを塗りこめるように、戸袋のシミの部分を刷毛ではく。

何か気配を感じて振り返ると、隣のマンションの窓のカーテンがさっと閉まるのが見えた。あいつらが見てるんだわ。由加子は思い、これ見よがしに刷毛を上下させた——隣の女を蹂躙《じゅうりん》しているような気分で。日差しにじりじり焼かれるのは閉口したが、塗るのは戸袋の表側だけだったし、三十分もかからずに完了した。「女のあそこ」は、きれいな青い塗料で覆われてもう見えない。もう一度振り返ると、下から規が見上げていた。

由加子が後片付けをして下に降りると、まだ庭にいた規が待っていたように家の中に入ってきた。怒られるのかもしれないと思ったが、規は困ったような顔で由加子を見た。元来、穏やかな男だった。喧嘩をしても声を荒らげられたことはない。怒ると黙りがちになる。自分が悪いと思っても口に出してはあやまらないが、数日後に下手くそな冗談を言ってみたりする。そういう夫なのだった。

「きれいになったな、ご苦労さん」

とだけ規は言った。

あたらしい日よけはたたんでビニールに包まれて、カウンターの上にある。

月曜日の午前中に、宅配便の人が持ってきた。前日の荷物の中にあったのだが、うっかりこれだけ渡すのを忘れたのだという。段ボール箱を開けて中身を取り出し、それをカウンターの上に規が置いた。客が増えてきたら片付ければいいだろうと由加子は思う。あたらしい日よけの色は白とブルー。ケーキ屋みたいだ。きっと規は焦って、最初に目に付いたものを注文してしまったのだろう。

でも、新品だしたたんであるから、しばらくあそこに置いたままでもいいかもしれない。

常連の誰かが気がついて何か聞いてきたら、今度こそあの一件を面白おかしく話せるかもしれない。「女のあそこ」もきっと今までとは全然べつの響きで聞こえるだろう。これでこの件はおしまいだ。簡単なことだった。どうということもなかった。こんなことは、私たちに何の影響も与えない。

「潤一はめし、食ってきたのか」

下拵《したごしら》えをしている規が聞いた。いつもならもう、父親が作る賄《まかな》いを掻き込んでいる時間だからだ。少し前に家には戻ってきたが、部屋に直行してそれきりになっている。様子を見に行こうと思いながら由加子はぐずぐずしていた。廊下で顔を合わせたときの息子の表情が妙だった。いやらしいことをしているところを、母親に見つかったみたいな顔。もちろんそんなはずはない。まだそんなことをする年齢でもない。そんなふうな顔だった、というだけのことだ。

「寝てるみたいね。そのうち食べに来るわよ」

由加子がそう言ったとき、猿渡さんが入ってきて、息子の話は終わりになった。夜の営業がはじまった。岩田さんもやってきた。テーブル席もひとつ埋まったが、ときどき顔を見せる若い夫婦で、この前の男女ではなかった。あのふたりはもう来ないだろう。テレビにはボクシングの試合が映っている。猿渡さんと岩田さんは、「いけっ」とか「あーあ」とか言いながら、熱心にそれを観ている。

由加子はふっと思い出して、表に出た。ホワイトボードにはちゃんと、今夜のおすすめが書かれていた。消えていない。ほらね、もう大丈夫。自分で自分に言い聞かせて店の中に戻ると、潤一が降りてきていた。住居との境の通路から、さっき廊下で会ったときと同じ顔で、由加子を見ている。なんなの、どうしてそんな顔をするの、もう心配事はなにもないのに。それから由加子はレジのほうへ向かった。さっきから電話が鳴り続けているからだ。

みみず

男があらわれた。

写真で見ただけの男なのに、その写真をどれくらい信じていいかもわからないのに、雑踏の中でも、なぜかすぐにそれとわかる。手にしたスマホに目を落としたり、肩に掛けたリュックをわざわざ前に回して、その中の何かを探すふりをしたりしながら、近づいてくる。彼も、私のことはもう見つけているだろう。吉祥寺駅構内の雑貨屋の前に突っ立っているのは私だけだし、もしほかにも立っている女がいたとしたって、ああ、あの女がそうだと、私のことがわかるだろう。私も、スマホを見たり、爪が気になるふりをしたりして、あからさまな人待ち顔をしないようにしているが、そんな偽装は、私が見抜くように、あちらにもあっさり見抜かれているだろう。

あらわれた男が、私の前で立ち止まるとはかぎらない。素通りされたことは何度かある。ひどいときには、後ろにもうひとり男がいて、私を見つけたとたんにふたりで肘をつつき合ったりクスクス笑ったりして、そのまま私をジロジロ見ながら通り過ぎて行ったこともある。私は、そういう目に遭いがちな女だ。三十二歳、太ってはいないがスマートでもない、胸だけバカみたいに大きくて、目は細くて腫れぼったくて、出っ歯が上唇を押し上げている。ファッション雑誌を熟読してモデルと同じような服を探して身につけても、安物しか買えないのと顔と体形のせいで、笑えるほど垢抜《あかぬ》けない。

今日の男はひとりだった。そして、ふと顔を上げたら私が見えた、というふうに、近づいてきた。私も同じような小芝居をして、男を見た。三十五歳、身長百七十三センチ、デザイン会社勤務、年収五百万円。趣味は登山とアウトドアクッキング。「彼女ができたら、一緒に山に行きたいです。もちろん無理は言いません。最初は高尾山《たかおさん》から（笑）。なんなら河原とか近所の公園でバーベキューでも！」というプロフィール。身長はたしかにそのくらいで、顔はサイトに上げている写真を水でふやかした感じ。この点は私も同じだから、責められない。顔を一定の角度に保っておくことは不可能だし、いつでも適切な光があたるわけでもないから。黒いパーカに黒いTシャツ。チノパンに、オレンジ色のハイカットシューズ。雑誌の言いなりだとしても私より垢抜けていることは間違いなくて、私は早々に気後れする。

「リンゴさん？」

男のほうが先に言う。私はどうにか笑顔を作る。

「メロンさん、ですよね？」

男は頷いて、ちょっと笑う——あまり感じがいい笑いかたではない。

「人が聞いたら、バカみたいなやり取りですね」

男がそう思うのは、待っていたのが私みたいな女だったせいかもしれない。冗談めかして、私をバカにしているのかもしれない。私はそう考えて、「はじめまして」と言う声が強《こわ》ばってしまう。

日曜日の正午だった。私と男は、吉祥寺の街を歩き出した。どんよりした日で、十月なのに冬みたいに寒かった。さみーな、と男は背中を丸めて、私のせいみたいに呟いた。そんな天気でも街は人で溢《あふ》れていた。男が向かったカフェは待っている人が店の外まで溢れていて、周囲の店もどこも満席で、私たちはさらに歩き、細長いビルの地下の「おひさま飯店」という店にどうにか入ることができた。

狭い空間に、ニンニクと油の臭いがたちこめていた。街にはあれほど人がひしめいているのに、その店には私たちのほかには赤ん坊を連れた夫婦がひと組いるだけだった。そのことが、ほかにお客が誰もいないよりも私は何だかいやだった。はじめてのデートで、男が店を予約していないことは大きなマイナスポイントだけれど、たぶん男にとって私は、店を予約するほどの女ではなかったのだろう。待ち合わせの場所で顔を見て素通りする可能性のほうが高かったのかもしれない。男は酢豚とシュウマイのランチセットを、私はあんかけ焼きそばを注文した。

「吉祥寺って人が多いですね」

目当ての店に入れなかった言い訳のつもりか、男は言った。この街は自宅の最寄駅だと言っていたのに。

「あ、休みの日はほとんど出歩かないから」

私が考えていることに気がついたように、男は続ける。でも休みの日には山へ行くんでしょう、吉祥寺駅から電車に乗るんじゃないの？　と私は思う。男はそれにも気づいた顔をしたが、もう何も言わなかった。

「ビール一杯くらい、飲んじゃいましょうか」

それで、私はそう言った。メッセージのやりとりで、ふたりともお酒が好きだということ——私は正直言ってそれほど好きではないのだが、飲めることは飲める——がわかったとき、最初のデートは昼間だけれどビール一杯くらい飲んじゃいましょうか、と男が書いてきたからだ。そんなふうに誘われて私は嬉しかったのだ。あの一行で、今度こそうまくいくかもしれない、マッチングが成立するかもしれない、と期待していたのだった。

男はちょっと笑った——さっき「バカみたいなやり取りですね」と言ったときと同じ顔だ。

「なんか、今日はいいかなって。人混みで疲れました。あ、でも、リンゴさんは飲んでくださいよ。一杯でも二杯でも」

私は慌てて首を振った。そんなこと、できるわけもない。料理が運ばれてきて、私たちは食べはじめた。男はガツガツ食べていた。空腹だったとかおいしいからというわけではなくて、早く食べ終わって私と別れたいからだと、私にはわかった。

実際、私たちはその店を出たところで別れた。ちょっと行くところがあるんで、と男は言って、駅まですら一緒に来なかった。もちろん本名を明かし合うことも、ＬＩＮＥの交換すらしなかった。吉祥寺から井《い》の頭《かしら》線と京王《けいおう》線に乗って、国領《こくりよう》にある自宅に戻るまでの間、それでも私は、マッチングアプリに男からのメッセージが届くのを待っていた。この先がないことなんてわかっていたが、「今日はありがとうございました」とか「お店にすぐ入れなくてすみませんでした」とか、その程度のメッセージくらいは送ってほしかった。それほどの価値も自分にはないのだと認めたくなかった。

でも、何もないまま家に着いた。男からのメッセージどころか、私のプロフィールを見た人からの「いいね」の通知すら一件も届かなかった。駅から徒歩十二分の建売住宅に、私は両親と一緒に住んでいる。いつだったか俊樹《としき》さんの車で家の前まで送ってもらったとき（付き合いはじめの頃には、そういうこともあったのだ）、彼が「酔っ払って帰ってきたら、どの家に入ればいいのかわかんなくなりそうだな」と言った、同じような家が密集する一角。

両親は茶の間にいた。「ただいま」と言いながら通り過ぎると、「早かったね」と母が言った。父は黙ってテレビを観ていた。マッチングアプリというものについて、このふたりはたぶんほとんど知らないかわかっていないかだけれど、私が日曜日に外出して失望だけして帰ってきたことは、察しているだろう――これまでずっとそうだったから。

月曜日の午前七時半。

を迎える。

私は「こばと保育園」の「杏《あん》先生」になって、ほかの五人の保育士とともに、園児たち
おはようございます。おはよう。おあよー。寒いですね。冬みたいですね。お熱は下がりましたか。あら、ごきげんね。あー。うー。これ持って行くってきかなくって。大丈夫ですよ。先生と一緒に遊ぼうね。わあん。わあああん。ぎゃあっ。ほらほら……。

保育士の声、子供たちの声、送りの母親や父親や祖父母の声。ほかの保育士同様に、私はずっと喋り続け、笑い続けているので、頰の筋肉がだるくなってくる。

二歳の男の子を母親が私に手渡そうとし、男の子はそうされまいとして母親の胸にかじりつく。ざっくりしたカーディガンの編み目に絡まった子供の指を母親は一本ずつ外して、子供を体からはがす。ぎゃあーっと男の子は泣き出して、私は差し出した手を蹴られ、胸を蹴られ、目を殴られて左目のコンタクトがずれてしまう。わあ、元気がいいねえ。舌打ちしたいのをがまんして、私はひたすら笑い続ける。子供なんか大きらいだ。子供にならば正当に評価してもらえるかもしれないと思って目指した仕事だったけれど、私は子供にも全然好かれない。好かれないから子供がきらいになった。いや、実際には私は最初から子供がきらいだったのかもしれない。それが子供にわかってしまうのだろう。結局のところ、私は外見だけじゃなく中身も欠陥品なのだ。それが私の正当な評価なのだろう。

八時を過ぎる頃、俊樹さんがやってくる。もちろん娘の歌《うた》ちゃんを連れて。歌ちゃんは五歳だ。

「おはようございます。今週もよろしくお願いします」

俊樹さんはニッコリ笑う。私の視線をするりと躱《かわ》しながら。関係ができてから、俊樹さんは朝の登園で、歌ちゃんを決して私には預けないようになった。俊樹さんは、こずえ先生と、しばらくの間会話をする。

「先週、こずえ先生に読んでもらった本が、すごく気に入ったみたいなんですよ。家でずっとその話してて。……なんでしたっけ、みかん怪人？　でしたっけ」

「ああ、パイナップル博士のことですね」

「あ、パイナップル博士。そうでした、そうでした。って全然違いますね、なんでみかん怪人なんて出てきたんだろう」

ははは、と俊樹さんは笑い、うふふふと、こずえ先生も笑う。ほかの保育士たちも笑ったから、会話が聞こえるのは不自然ではないのだと思い、私も笑う。俊樹さんは私だけに笑い返さない。逆に疑われそうなものだが、私と彼の間に何かあると疑っている人はいない。杏先生は保護者に人気がない、とみんなは思っている。

「みかん怪人とか」

子供たちが揃って、それぞれの部屋に入った後、私と同じタイミングで準備室に来たこずえ先生が、吐き捨てるように言う。

「パイナップル博士がみかん怪人になるわけないじゃんね。なんかわざとらしいんだよね、小島《こじま》さんって」

「そうそう」

出ていこうとしていた陽介《ようすけ》先生が、振り返る。

「小島さんの、〝俺っていけてるパパ〟アピール、うざいよな」

「ね、うざいよね」

「ああいうのって、実際そうでもないんだよな。わかっちゃうよなー」

私は、会話に入るタイミングがつかめない。同調していいのかどうかもわからない。陽介先生とこずえ先生が俊樹さんの悪口を言っていることは間違いないのに、自分の悪口を言われているような気がする。俊樹さんと自分を一体化しているとか、そんなことではなくて、私も、私がいないところでは、悪口を言われているに決まっているからだ。

保育中、私は気もそぞろだ。積み木を重ねながら、歌を歌いながら、寝かしつけながら、ひとりになってスマホをチェックできるときをジリジリと待ち焦がれている。ようやく二歳児の最後のひとりが寝てくれて、私は小走りに洗面所へ向かった。幸い誰もいなかった。個室に入り、便器の蓋の上に座って、エプロンのポケットからスマホを取り出し、電源を入れる。「いいね」の通知がふたつ来ていた。マッチングアプリを開き、「いいね」をしてくれた男のプロフィールを検分し、「いいね」返しをする。これでまたふたりの男とメッセージのやりとりができる。冷やかしかもしれないけれど、少なくとも私からメッセージを送ってみることはできる。私は少し気分が上向いてくる。冷やかしだろうがなんだろうが、どこかの誰かが、私に目を留めてくれたことが嬉しい。今、メッセージを送ってみようか。

そのときスマホが振動して、俊樹さんからのＬＩＮＥが届いたから、私は有頂天になった。今夜時間が空いたという連絡だった。もちろん私はＯＫの返事を送った。マッチングの男たちにメッセージを送ることは頭から消えて、その日仕事を終えるまで、夜のデートのことばかり考えていた。

午後六時過ぎ、歌ちゃんママがお迎えに来た。目がクリクリしていてふわふわの天然パーマで、美人ではないが可愛い人。ありがとうございましたー、と彼女は、こずえ先生から歌ちゃんを抱きとって、私たちにも笑顔を向けた。歌ちゃんママは、私にもちゃんと笑いかける。私と俊樹さんとのことは気がついていないのだ。

歌ちゃんママと俊樹さんは、同じ広告代理店に勤めている。歌ちゃんママは営業で、俊樹さんはデザイナー。朝はいつも俊樹さんが歌ちゃんを連れてくるけれど、帰りは歌ちゃんママのときと、俊樹さんのときがある。私が俊樹さんと会えるのは、歌ちゃんママがお迎えに来られる日だけだ。

後片付けやデスクワークを終えて、午後七時少し前に私は職場を出た。京王線で、自宅がある国領を通り越し、明大前《めいだいまえ》で乗り換えて下北沢《しもきたざわ》で降りる。雑踏を縫うようにして早足で歩く。いつものラブホテルの駐車場に入る。

俊樹さんは、最近は車は使わない。それなのに駐車場で待ち合わせするのは「ホテルの前で立ってるのはみっともないだろ」と彼が言うからだ。駐車場で立っているのもみっともいいわけじゃないけれど。いつも待たされるのは私なので、いつも私は立っている。駐車場は狭くて、どこに立っても、出入りする車の人たちから見られてしまう。

私は俯いてスマホの操作に熱中しているふりをしているから、車の中にどんな人たちがいるのかは見えない。ただ想像する。私より若い――二十代のふたりだろうか。中年のカップルだろうか。オヤジと少女、という組み合わせもその逆もあるかもしれない。幸せなふたり、欲望でぱんぱんのふたり、でなければ、お金の関係だけのふたり。彼らから私はどんなふうに見えているだろう。売春婦みたいなものだと思われているかもしれない。あんな不細工な女を買う男がいるのかね、と言われているのかもしれない。

もちろん私は俊樹さんにお金を要求なんかしない。お金どころか、食事も、お茶をご馳《ち》走《そう》になったことすら最近はない。べつにご馳走されなくてもいいからたまには一緒にコーヒーくらい飲みたいと思う。でも、私がそういう希望をやっとの思いで口にしても、そんな時間はない、と俊樹さんはにべもなく言う。セックスする時間だって、捻出するのは大変なんだからと。それで私は実際のところ、自分を売春婦みたいだと感じる。お金の代わりに、俊樹さんの時間をもらっている。それを糧として生きている。

この日は俊樹さんは八時過ぎにあらわれた（私は三十分以上駐車場に立っていた）。俊樹さんは少し離れたところで顎をしゃくり、私は彼のほうへ小走りになり、ふたりでラブホテルの中へ入った。そしてシャワーも浴びずにセックスをした。

「杏ちゃんってさ、好きだよね、セックス」

この日、俊樹さんはそう言った。一回目が終わったときだった。そうかな。私は小さな声で答えた。

「好きだから、呼ばれるといつも来るんだろ」

どういうつもりで俊樹さんがそんなことを言うのかわからなかった。でも、私は彼のその言葉に傷つけられたから、彼の目的は私を傷つけることだったのかもしれない——どうして私を傷つけたくなるのかわからないけれど、たぶん私は、大抵の人にとって、傷つけてもいいと思える女なのだろう。

そうして私は、事実、俊樹さんとのセックスが好きだった。行為の最中だけは、俊樹さんは私に十分に関心を持ってくれるから。私を見てくれるし、私に触ってくれるし、私の中に彼の大事な部分を入れてくれるから。

婚活パーティの会場は、どうしてどこも同じ匂いがするのだろう。

子供の頃苦手だった——いつも気分が悪くなった——役所とか、銀行とかの匂いに似ている。父の車の芳香剤の匂いにも少し似ている。申し合わせたように、ビニールレザー張りの椅子が置いてあるせいだろうか。女性の会費千円以下の、安いパーティばかり選んでいるからだろうか。

「はいっ、チェンジタイムです」

ポーンという呼び鈴みたいな音とともに、司会の女性の声が響いて、私の前に座っていた男が、やれやれというふうに席を立つ。移動するのは男性だけだ。隣のテーブルから、べつの男がやってきて、私の前に座る。こんにちはー。あからさまにやる気がなさそうな表情で、私と目も合わせない。私たちはプロフィールカードを交換する。

「登山が趣味なんですね」

男が何も言わないので、私が言う。男はちょっと目を上げて、「登山、するんですか」と聞く。いいえー、と私は手をひらひら振ってみる。小学生のときに高尾山に登ったことがあるだけです。

「じゃあ、なんで？」

男が聞く。え？　と私は聞き返す。じゃあなんで、登山が趣味なんですねって言ったんですか。男は薄笑いを浮かべている。興味もないくせに、とその顔が言っている。登山なんてどうでもいいんだろ。男がほしいだけなんだろ。実際その通りなので、私はもう何も言えなくなってしまう。

「保育士さんなんですね。子供好きなんだ？」

私が黙っているので、仕方がなさそうに男が言う。私は早々に、嘘を吐く気力を失って、バカみたいにヘラヘラしながら、それなりに、と答えてしまう。それなりに。男はその言葉を繰り返して、肩をすくめる。

「子供、好きなんですか？」

私は聞く。

「全然」

と男は答える。

フリートークの時間になって、飲みものと軽食が用意され、男も女も会場内に解き放たれて、目当ての人に近づいていく。黒いスーツのスタッフの人がときどき参加者に近づいて耳打ちしているのは、さっき全員が「気になるお相手」の番号を三つ、カードに記して提出したから、あなたはあの人から気にされていますよと、教えるためだ。私みたいに、誰からも番号を書いてもらえなかった女には、スタッフは近づかない。もちろん男も近づいてこない。誰も。私はドリンクバーの前で、飲みものを選んでいるふりをする。きれいな、気の利いた女なら、「何飲みますか?」と男から聞いてもらえるのに、誰もそうしてくれないから、私は曖昧な場所に突っ立って、この前、俊樹さんとセックスしたときのことを考える。

俊樹さんが私の中で果てたときの、彼の呻《うめ》き声《ごえ》。彼がどうしようもなく発してしまう声。私が彼に発させた声。何度でも再生してしまう。そうすると、この会場で誰からも気にかけられずひとりでいることが、少しだけ平気になる。

低い音量でクラシック音楽が流れている。匂い同様に、どの婚活パーティ会場でも、同じ音楽が流れているような気がする。私とは生物学的にべつの生き物であるような男と女が、私の前を通り過ぎていく。大きくて白くてツルツルした花瓶に、ピンクと白のバラが飾られている。もっと平気になるように、私はみみずのことを考える。

私の中にはみみずがいるのだ。杏ちゃんのここはみみず一万匹だね、と俊樹さんはいつも言う。とても気持ちがいいのだそうだ。だからこそ彼は、私の中に入って、呻き声を上げるのだ。みみずは、誰にでもいるわけではない。ましてや一万匹なんて、私のあそこみたいなのはめったにいないと、俊樹さんは言う。だから私と寝るのをやめられないと。

男と女が談笑しながらドリンクバーにやってくる。私の前の何かを飲みたかったらしい女が、私を無遠慮にジロジロ見る。女はぎりぎり二十代くらい、ピンクのツイードのノースリーブのワンピースを着て赤いハイヒールを履き、きれいに巻いた焦げ茶色の髪が肩の上ではずんでいる。美人というほどではないけれど、もちろん私よりはきれいだ。ずっときれい。女はそう思っている顔で、うすく笑う。

そんな顔をされたって平気だ。私は心の中で女に向かって、私の中にはみみずがいるのよ、あんたにはいる？　と言ってやる。

雨になればいいとひそかに願っていたのに、おにぎり会の日は秋晴れだった。

六月に子供たちが田植えを手伝った田んぼの新米を炊いて、おにぎりにして保護者、園児とともに食べるのが、おにぎり会だ。朝早くから私たち保育士と保護者とで握ったおにぎりが、園庭に出したテーブルの上に並んでいる。豚汁を煮ている大鍋のコーナーもあって、私はそこにいる。この前まで寒い日が続いていたのに、今日は夏みたいに暑くて、煮立った鍋のそばにいると気持ちが悪くなってくる。

私が紙のボウルに豚汁をよそうと、子供たちの多くはそれを自分で持ちたがり、そのうち何人かはその場でこぼす。それで私のスニーカーには早々に味噌汁の染みができている。またひとり、ボウルをひっくり返した。ぎゃーっという泣き声、慰める母親の声を浴びながら、その声でスニーカーだけでなく体に染みがつくような気分になって、私は屈《かが》み込《こ》み、ボウルを拾う。顔を上げると歌ちゃんと歌ちゃんママと俊樹さんがいた。

私は手が震えて、空になったボウルを取り落としてしまった。歌ちゃんママがそれを拾って、お疲れさまでーす、と言いながら私に手渡す。私はさらに動揺して、そのボウルに豚汁を注ごうとしてしまう。あー、ちょっとちょっと、と俊樹さんが止めた。

「できたら、新しいボウルにしてほしいんだけど」

俊樹さんは言う。責める口調ではなく、やさしく、冗談めかして。あははは と、歌ちゃんママがあかるく笑う。

「大丈夫大丈夫。パパに飲んでもらうから」

「えっ、ひどいなあ」

「あははは。嘘、嘘」

両親が楽しそうなので、意味はわかっていないだろうに、歌ちゃんもキャッキャッと笑う。それを見て俊樹さんと歌ちゃんママも笑う。俊樹さんが奥さんと一緒のところを私が見るのはこれがはじめてではない。ふたりはいつでもとても仲がいい。俊樹さんは、そのことを私に隠そうとしない。むしろ見せつけるようにふるまう。私とふたりだけのときも、奥さんからプレゼントされたという時計を見せびらかしたり、奥さんとテニスをしたとか、奥さんのショッピングに付き合ったとかいう話を嬉しそうにしたりする。俺はお前とセックスはしてるけど、妻との間には何の問題もないんだ、俺は妻を愛しているんだと、ときどき私に念を押しておいたほうがいいと思っているのだろう。

私は新しいボウルに豚汁を注いで、俊樹さんに手渡した。ありがとう。がんばってください ね。先生、アリガトー。三人は幸せそうに立ち去っていき、歌ちゃんママがふと何かを感じたように振り返り、私に向かって手を振る。私は手を振り返しながら、あの人の中にはみみずはいないのだろうか、と思う。俊樹さんとあんなに仲がいいのだから、五十匹くらいはいるのかもしれない。でも、一万匹もはいないだろう。

だからこそ俊樹さんは、その日の夕方私に連絡してきたのだろう。歌ちゃんママにどういう嘘を吐いたのかは知る由もないけれど、私たちはその日の夜にいつものホテルへ行く。最近、性欲が亢進《こうしん》してるんだよね、と俊樹さんは言う。そして、それが理由だというように、私の顔を自分のジャケットで覆う。その状態にしたまま彼は私の中に入ってくる。私は俊樹さんのジャケット越しに、彼の呻き声を聞く。

この日は俊樹さんは車で来ていた。でも、私を乗せずに帰ってしまったので、私はひとりで電車に乗った。下北沢のホームにいるとき、マッチングアプリのメッセージが届いた。私に「いいね」をつけてくれて、私が「いいね」返しした男だ。

――いいね返しありがとうございます。ポトフです。はじめまして。

——はじめまして。こちらこそありがとうございます。リンゴです。

——リンゴさん、いきなりなんですけど、質問していいですか。

——どうぞ^-^

電車が来たけれど私は乗らなかった。メッセージのやり取りに集中したかったからだ。直感的に、サクラや勧誘目的の人ではない気がしたし、なんとなくこれまでにない、いい感触があった。

——リンゴさんは、セックスが好きですか。

そのメッセージを私はしばらく眺めた。なんだろうこれは。ヤリモクということだろうか。でも、そのことをこんなふうに早々とあかすだろうか。

——すみません、ヤリモクとかじゃないですよ。僕、セックスが苦手なんです。

——そうなんですね。

私はいっそう混乱して、そんな返事を送ってしまった。次のメッセージが届くまでに、長い間があった。切られたんじゃないかと思いかけたとき、着信した。

——結婚はマジで考えてるんですよ。子供もほしいと思ってます。でも、子供を作るという目的以外のセックスが、生理的に無理なんです。性欲はあります。ただ、それを、他人に向かって行使するっていうのが、正直ぞっとするんです。僕の中ではありえないんです。ある種の暴力に思えるんですよ。そういう感覚、少しは理解できませんか。

どう返していいか私にはわからなかった。この人がいきなりこんなことを打ち明けるのは、こんなに長々と書いてくるのは、私にならわかってもらえると思うからだろうか。それとも試金石として、誰にでも同じ文面を送っているのだろうか。わかります、と返すべきなのだろうか。でも、そうしたら、たとえマッチングしたとしたって、私はこの人とセックスできない。セックスできない私なんて、何の価値もない。この人はあっという間にそのことに気がつくだろう。

指が勝手に動いた。私はマッチングアプリを使うようになってはじめて、自分から相手をブロックした。

菊芋のすり流しでございます。

店の人が言う。泥みたいなものが入った器が、銘々の前に置かれる。

私たちは幡ヶ谷《はたがや》の創作和食の店の個室で、細長いテーブルを挟んで、男女が向かい合うかたちで座っている。女は、私、こずえ先生、こずえ先生の高校時代の友人。男は、その友人の同僚と、その友だちがふたり。前日に私は突然、こずえ先生から声をかけられて、この合コンに参加している。参加予定だった女が何かの理由で参加できなくなったので、その穴埋めということだった。

お、うまい。おいしい。おいしいね。みんな口々に言う。もちろん私も、おいしい、と呟く。でも、私の声だけが嘘くさく響く。私が「菊芋」も「すり流し」も、何なのかわかっていないことや、見た目通りに泥くさくて、あまりおいしくないと思っていることが、みんなにわかってしまうだろう。

男も女も、こずえ先生の同い年かひとつ上で、私が一番年上だ。誰かそのことでいじってくれればいいのに、と私は思っているが、誰もそのことには触れない。見た目からも一目瞭然だし、そもそも前情報として伝わっているに決まっているのに。というか、いつも通りに私は、開始早々、食べ終えて片付けられるのを待っている皿みたいな存在になっている。

菊芋って、なんかすげー栄養あるんですよね。へえ、そうなんだ。カロリーだと困るけど、栄養ならいいですね。ダイエットしてるんですか。そういうんじゃないんだけど。全然太ってないじゃないですか。男の人ってみんなそう言うんだよね。そう、そう。太ってないっていうのと、瘦せてるっていうのは違うから。なるほど。あ、なるほどって言いましたね。いや俺、ガリガリな人って、だめなんですよ。巨乳好きだもんな、おまえ。ですってよ、杏先生。

突然私は注目される。動揺して、バカみたいに笑ってしまう。何か言わなければと焦って、巨乳ってほどではないですけど、と言ってしまう。みんな、白けた顔になって黙っている。金目鯛《きんめだい》と野菜のお椀《わん》です。次の料理が運ばれてくると、話題はあっさり変わり、私は、自分に与えられたチャンスを、自分がふいにしてしまったことを悟る。どうしていつもこうなってしまうのだろう。間違いなく、ここにいる誰よりも恋人がほしいと思っているのは私なのに。みみずのせいだろうか。私が気の利いたことを何ひとつ言えずにただへらへらしているとき、そこにいるのにいないみたいにみんなから扱われているとき、私がみみずのことを考えているのが、私から臭うのだろうか。

「杏先生！」

駅に降りる階段の前で、私は振り返る。

今さっきの合コンで、巨乳好きだと言われていた男が立っているのでびっくりした。私以外のメンバーは二次会に繰り出したはずだった。用があるから帰りますという私を、引き止める人もいなかった。

「どうも、俺だけあぶれたみたいなんで、退散してきたんですよ」

こずえ先生とその友だちの女は、彼の友だちふたりとそれぞれいい雰囲気になっているのだと、巨乳好きの男は言った。あぶれた者同士でもうちょっと飲みませんか。二次会を断るほどの「用」なんて私にあるはずがないと、はなから決めている顔で男は誘い、いいですねと、私は頷いた。男が甲州《こうしゅう》街道に沿って歩き出したから、近くに心当たりの店があるのかと思ったが、男が立ち止まったのはマンションの前だった。家飲みでいいですよね？　と男は言った。私は頷いた。

私は男と一緒にエレベーターに乗った。男がヤリモクであることにはもう気がついていた。八階で降りて男の部屋に入った。ワンルームで、二人掛けソファとテーブルとベッドがあった。男は私にソファを勧め、冷蔵庫から缶ビールを持ってきてくれたけれど、私がそれを半分も飲まないうちに、抱き寄せてきた。

男は私の胸を揉《も》み、ちゃんと巨乳だよ、と言った。さっき私が、巨乳ってほどではないですけど、と言ったからだろう。あのときから男は私とやれると思っていたのかもしれない。あるいは、私はこの男にやらせるために、合コンに誘われたのかもしれない。男が乱暴に揉むので痛かった。でも私はがまんした。私はみみず一万匹なのだから、セックスすれば、男は俊樹さんみたいに私と別れられなくなるかもしれない。しばらくの間は恋人同士みたいになれるかもしれないし、男は独身なのだから、もしかしたら、結婚できる可能性だってゼロではない。私にはもう俊樹さんは必要なくなる。俊樹さんと終われる。私は俊樹さんと終わりたかった。自分にとっての望みは、もしかしたらそれだけなのかもしれないことに気がついた。

男が私の服を脱がせようとしていた。電気を消して、と私は懇願した。私は生まれてからこれまで、俊樹さんとしかセックスしたことがなかったから、俊樹さん以外の男に裸を見られるのが恥ずかしかったのだ。それに私の体を見て男がやる気を失ったら困るから。いいじゃん、と男は言って私のショーツを下ろし、それを片方の足首にたぐまらせたまま、スカートを捲《まく》り上《あ》げて私の足を左右に大きく開いた。男はそこに指を入れ、なんだよ、と呟くと指に唾をつけてもう一度入れた。私が濡《ぬ》れていないせいで男は不機嫌になったようだった。指を入れただけでは、私の中にみみずがいることはわからないのだろうか。それとも。

一縷《いちる》の望みが、私の中で灯《とも》った。違う、その望みが小さくずっと灯っていたことに、私は気がついた。私はみみず一万匹なんかじゃないのかもしれない。私の中にはみみずはいないのかもしれない。みみずはいないのに、俊樹さんは私から離れられなくて、でも彼は見栄っ張りだから、正直に言えなくて、だから私と離れられない理由を、みみずのせいにしているのかもしれない。俊樹さんは私を愛しているのかもしれない。

男がペニスを出して、私の顔の前に突きつけてきた。私はそれを咥《くわ》えた。男は二三回動かしてから引き抜き、それを私のあそこにあてがった。このあとわかってしまう。私の中に本当にみみずがいるかどうかが。男のペニスが私の中に入ってきて、男が呻き声を上げたら、私の中にみみずがいることが証明されてしまう。男が呻き声を上げず、さっきみたいに「なんだよ」とでも吐き捨てたら、私の中にはみみずはいないことになる。みみずがいませんように。みみずがいませんように。俊樹さんが、みみずではなく私を愛してくれていますように。私はそう願おうとするが、一方で自分がみみずそのものであるように感じる。きっといつもみみずのことばかり考えていたせいだ。もしも私の中にみみずがいなかったら、私は消えて無くなってしまうのではないか。いや、いっそ、そうなったほうがいいのかもしれない。私なんか、消えてしまうべきなのかもしれない。消えてしまえ。消えてしまえ。

恐ろしい叫び声が聞こえた。断末魔みたいな。一瞬後、それが自分の声であることに私は気づいた。

化け物を見るような顔をしている男を突き飛ばして、私は立ち上がった。足首にまとわりつくショーツを、足を振って床に落とした。それを踏みつけ、ドアまで駆けた。靴も履かず、バッグもスマホもコートも置いたまま、私は男の部屋を飛び出した。エレベーターを待つことを思いつきもせず階段を駆け下りる。ショーツに覆われていないあそこがすうすうする。外気に晒《さら》され、開いていく。何かがそこから這《は》い出《で》ていく。私は立ち止まって振り返り、みみずを見た。一万匹のみみずが私のあそこから這い出して、階段にうねうねと泥色の川を作っていた。

刺繍の本棚

あの日の夕食は牛すじと蒟蒻《こんにゃく》の煮込みだった。

大きく切った豆腐も入れて、葱《ねぎ》をどっさり、山椒《さんしょう》を利かせた七味もたっぷりふりかけて食べる。夫の弦一郎《げんいちろう》の好物。土鍋を食卓に運んで向かい合い、さあ食べようというところに呼び鈴が鳴った。弦一郎が席を立ち、きっと宅配便か回覧板の類だろうと思いながら鈴子《すずこ》は待っていたのだが、いっこうに戻ってこないので行ってみたら、玄関にいたのはふたりの背広姿の男だった。

そのときにはもう、弦一郎がふたりと一緒に行くことは決まっていた。今考えると滑稽というほかないが、「夕ごはんはどうするの?」と鈴子は聞いた。「悪いけど先にすませてくれ、俺は帰ってから食べるよ」と弦一郎は答えた。けれどもそれきり、彼は帰ってこなかった。

食欲など出ようはずもなくて、煮込みは土鍋ごと冷蔵庫の下段にしまった。二週間近くが経った今も、それはそのままになっていた。いくらなんでももうだめだろう。今日こそ捨てようと鈴子は思うが、捨てるとなんだか悪いことが起きそうで手を触れることができなかった。おかしな考えには違いない――これ以上悪いことなど起こりようもないのに。

鈴子は冷蔵庫の扉を閉めると、出かける支度にとりかかった。美容院に行く気にもならないせいでそろそろ白髪が目立ちはじめているボブヘアにクリームをつけてツヤを出し、薄化粧をするところまではどうにかできたが、何を着ればいいのかさっぱりわからなかった。鈴子は刺繡作家で、今夜は個展のオープニングパーティがある。個展を開くのは三度目だが、こんな状況下でオープニングパーティに出席するのははじめてだから、わからないのだ。いつもより地味にするべきなのか、なりふり構わずが正解なのか、いっそ化粧をもっと濃くして、着飾ってみせるべきなのか。時間が来て、結局ウールのロングワンピースに大ぶりのネックレスという格好になった。半月ほど前、鈴子の五十九歳の誕生日を祝うために、夫と隣駅のイタリアンへ行ったときの服だ。あのときはもちろん、こんなことが起きるなんて夢にも思っていなかった。でも弦一郎には予感がまったくなかったということはないだろう。そう考えると鈴子はぎゃあっと叫んで、ワンピースを引き裂きたいような気持ちになった。

個展は、本当なら中止するべきだったのだろう。もし鈴子が言い出していたら中止になっていただろう。でも鈴子の頭にはそんなことを考える余裕はなくて、気がついたら今日になっていた。青山《あおやま》の外れの小さなギャラリーで、編集者とギャラリーのオーナーが鈴子の到着を待っていた。

「どうも」

ふたりが何を言えばいいのかわからない様子だったので、鈴子から先にそう言った。ふたりは曖昧に微笑《ほほえ》み返した。もちろんふたりにしたって、こんな状況ははじめてなのだ。

「死んでたほうがよかったわね」

頭に浮かんだことを、鈴子はつい声に出してしまった。ふたりはぎょっとしたように鈴子を見た。

「うちの夫のことよ。事故で死んじゃったとかのほうが、みんな困らなかったわよね。お悔やみを言えばいいんだもの」

「やだ、そんなこと」

編集者の女性が言い、

「またまた」

とギャラリーオーナーの男性が言った。またまた、というのはなかなかいいわね、と鈴子は思った。自分でも使えそうだ——たとえばもう一度、警察の人が質問に来たときとかに。

ぽつぽつと人が集まってきた。鈴子の刺繡の本を出している版元と、ギャラリーのホームページでも告知したから、知り合いばかりではなく一般のお客も交じっている。誰も来ないのではないかと、ほとんど期待のように鈴子は考えていたのだが、いつもより多くもなければ少なくもない。遠慮した人たちがいる一方で、野次馬根性を発揮した人たちもいる、ということなのかもしれない。もちろん何も知らない人たちもいるだろう。知り合いの一部と一般客の大半はたぶんまだ何も知らない。そんなに大きなニュースにはならなかったし、ニュースを見たとしても、香坂《こうさか》弦一郎が鈴子の夫であると知っている人はかぎられている。知らないで来た人の何割かは、今日、誰かから知らされることになるだろう。会場内の片隅で、耳打ちされて。それから、鈴子の顔を盗み見るだろう。今、知っている人たちがそうしているように。

会場の中央に細長いテーブルが置かれ、紙コップに入ったシャンパンとチーズやパテを載せたクラッカーが用意されている。パーティと言ってもこの程度のもので、これはいつもと変わらない。「それではみなさん、香坂鈴子さんからご挨拶があります」と編集者がマイクで言った。

鈴子は左手で紙コップのひとつを、右手でマイクを受け取って、進み出た。ささやかな拍手が起きる。鈴子が挨拶するかどうかについては、昨日編集者と電話で相談して、するということにした。個展を開く以上は、オープニングパーティで作家が挨拶しないのは不自然だからだ。

「香坂鈴子でございます」

鈴子は微笑を作って、客たちを眺めわたした。押し隠そうとして隠せない表情を浮かべた顔がいくつもある。こういう羽目に陥った女が、何を言うのか期待しているのだ。

「本日はお越しいただきありがとうございます。どうぞゆっくりご覧くださいませ。購入希望の方はここにいるスタッフか、私までお申しつけください」

事件については触れない、ということも、昨日の電話で決めていた。鈴子にとっては、決めたというより申し渡された、という印象だったけれど。そんなことはおかまいなしに、自分の言葉である程度説明しようと昨日、電話を切ったときには思っていたが、今はすっかり気力が萎《な》えていた。期待が失望に変わって今度はそれを隠そうとしている顔たちに向かって、ざまあみろと心の中で言った。着るもの同様に取るべき態度や心の持ちようがさっぱり覚束《おぼつか》なかったが、ひとつはっきりしていることがあって、鈴子のような立場になると、自分以外のすべての人間が敵に思えるということだ。

「今宵《こよい》が素敵なひとときになりますように。乾杯」

いつも言う科白《せりふ》を言って、鈴子は紙コップを掲げた。笑える、と思う。素敵なひとときだなんて。乾杯だなんて。夫が牢屋《ろうや》に入っているというのに。

それから編集者が再びマイクを取った。

「今回の展示作品のテーマは〝ライフ〟です。作者の新境地になります。香坂鈴子さんといえばこれまでは細密に刺した植物や、動物の刺繡で注目されてきましたが……」

鈴子が言うべきだったことを補足する体《てい》だった。ようするに鈴子は、趣味だった時代も入れればこれまで三十年あまり、ずっと植物や動物を刺してきて、とうとうそれらのモチーフに飽きたのだった。スランプと言ってもよく、刺繡なんて目も疲れるし肩も凝るし、もうやめようかなとグズついていたら、「じゃあこの辺のものを刺してみたら」と言ったのは弦一郎だった。

「この辺のものって?」

「家の中の、どうってことないものだよ。そこの薬缶《やかん》とかさ。錆《さび》とか油が飛んで汚れてるとこまできっちり刺したら面白いんじゃない。洗濯物を入れたカゴとか、その辺にごちゃごちゃ積み重なってる雑誌とか、俺の本棚とか」

それで、鈴子はやってみた。結婚四年目に購入し、以来十七年間住んでいる郊外の小さな家の中のあちこち、外構のあちこちをスケッチして、布の上に写していった。こんな刺繡を見て喜ぶ人がいるだろうかと思いながら刺していたが、刺すほどに面白くなってきて、四冊目の作品集にまとめ、この個展を開くまでに至っている。「俺の本棚」と夫が言ったのは彼の生業《なりわい》が古本屋だからで、店舗は持たず目録とインターネット通販での商いだから、家の中の一室は夫の仕事場兼倉庫である。今の家では一階の玄関の横の四畳半がそうで、壁と掃き出し窓が潰れているのはもちろん、空間を目一杯使って迷路みたいに本棚が置かれている。その景色を刺したのが、今回いちばんの大作だった。

編集者の話が終わると、あとは午後八時までご自由にご覧くださいということになった。客たちはテーブルのそばで飲食したり、展示を鑑賞しに行ったりと散開した。鈴子はテーブルから少し離れたところにぼんやりと立っていた。そうしているといつもなら、知り合いや、作家と話すのを楽しみにしている一般客たちが近づいてくる。だが今日は誰もが鈴子を遠巻きにしていた。事情を知っている者たちが近づかないから、知らない者たちにも近寄りがたい空気ができあがっているのだろうと鈴子は思う。たぶん、こちらから微笑みかけるべきなのだろう。しかしそんなことができる気は到底しない。

　男がひとり、近づいてくる。そもそも刺繍の個展に男性というのがめずらしく、どこからともなくあらわれたという印象だったが、今入ってきて、まっすぐに近づいてきたのかもしれない。二十代の終わりか三十代のはじめ——鈴子の息子といってもおかしくないくらいの年頃で、青いダウンジャケットにデニムという、特徴のない格好をしていた。

「いい度胸してますね」

　微笑んだまま男は言った。鈴子も微笑んだまま男の言葉の続きを待った。彼が何を言おうとしているのかまだわかっていなかった。

「平然として、よく人前に出てこられますね。ご主人があんな事件起こしたのに。あんた、人殺しとずっと暮らしてたわけでしょう。セックスだってしてたんでしょう」

　鈴子は呆然と男を見返した。気がついたらしいギャラリーオーナーと編集者が、血相を変えてやってきて、鈴子と男との間に立ちはだかると、男はおとなしく出ていった。まだほかに行くべき場所や、中傷すべき誰かがいるのかもしれない。鈴子に怒りはなく、いっそ笑い出したいような気持ちだった。こういう人間が本当にいるのだ、と思った。警察でも言われていた。もう少ししたら報道されますから、どこかに避難することをお考えになったほうがいいですよ、と。避難？　夫からですか？　と鈴子は聞き返してしまった。

警察の事情聴取を受けたのは十日ほど前だった。

そのときにはもう、弦一郎は逮捕されていた。彼を連れていったときと同じくらいの時間に、同じふたりの男があらためて訪ねてきて、後日警察署へご足労願うか、でなければ今日ここで質問に答えていただくかという二択を示したので、鈴子は男たちを招き入れた。すでに自発的に何度か警察署を訪れていて、事件のあらましは伝えられていたが、それでもなお何が何だかわからず、とにかく情報がほしかった。

この日はひとりで、冷凍してあったごはんに缶詰のスープをかけてぼそぼそと食べていた。その程度のものしか作る気にも食べる気にもなれなかった。冷凍ごはんを電子レンジで解凍するとき、このごはんを炊いたときにはまだ夫はこの家にいて、私は何も知らなかったのだと考えたりした。食卓の上の食べかけのものをそのままにして、リビングのソファで男たちと向かい合った。

もちろん男たちは、鈴子に情報を与えにきたわけではなかった。情報を得にきたのだ。鈴子が知っている以上のことは話さず、かわりに鈴子に質問した。

「香坂弦一郎さんと結婚して何年になりますか」

主に質問するのは若いほうだった。まだ青年と言っていい年頃で、天然パーマと思われる髪があちこちぴょんぴょん跳ねていた。もうひとりは薄毛の太った男だった。ふたりとも背広姿でネクタイを締めていた。

「二十一年です」

このところずっと考えていたことだったから、鈴子はすぐに答えることができた。

「知り合ったのは？」

「結婚する一年くらい前です」

「そのとき彼は自分のことをどういうふうに説明していましたか」

「どういうふうにって？」

「つまり、彼は自分は独身だというふうにあなたに言ってたんですか」

「独身だとは言ってませんでした。奥さんが失踪してから今年で八年目だと言いました。だから失踪宣告ができると」

「だからあなたと結婚できる、と」

「結婚は、ふたりで決めたことですけど」

「彼の前の奥さん——香坂きみ江《え》さんが失踪した経緯を、彼はあなたに話しましたか」

「彼が仕事から帰ってきたらいなくなっていたと聞きました。捜索願を出して、自分でも一年くらい探し回ったけれど見つからなかったって。見つからないのは隠れているからだろうと言っていました——彼女には恋人がいたので、その人と出奔《しゅっぽん》したのだろうと」

「あなたはそれを信じた？」

「信じない理由はなかったです」

「香坂きみ江さんについて、彼はほかに何かあなたに話しましたか」

「いいえ。とくには……」

「不自然だとは思いませんでしたか」

「前の奥さんのことをぺらぺら話して聞かせるほうが不自然じゃないでしょうか」

「出会ったとき、彼はまだ青梅《おうめ》の借家に住んでいたんですよね？」

「はい」

「その家の中にあなたは入ったことがありますか」

「いいえ」

「どうして？　付き合っているときに招待されなかったんですか」

「私のアパートで会ってましたから。そのほうが便利だったんです、お互いに」

「彼が何か隠しているとは思いませんでしたか」

「いいえ」

「彼があなたに暴力を振るったことは？」

「まさか。一度もありません」

「暴力的なところはまったくなかった？　脅すようなことを言ったりとか……」

「いいえ、全然」

「あなたは彼と暮らしていた二十一年間、本当に何も知らなかったんですか？　まったく何も？　薄々気づきもしなかった？」

「ええ、その通りです」

男たちの顔に同情が浮かんだ。最初からあったが、それが一段濃くなったようだった。

彼らは鈴子の関与を疑ってやってきたのではなく、鈴子が関与していないことを裏付けにきたのだろう。実際、年配のほうの男は辞すときに玄関で「お気の毒です」と呟いた。

二十二年前、鈴子は弦一郎と、高円寺《こうえんじ》の古書展で出会った。鈴子は三十七歳、テキスタイルデザイナーとしてアパレルメーカーに勤めている頃で、ちょうど十歳上の弦一郎は四十七歳だった。

古書展は中央線沿線の古本屋が集まって、一般客向けの即売会として隔月の第四週末に行われていた。当時、鈴子は阿佐谷《あさがや》に住んでいたから、日曜日になると散歩がてらときどき訪れていた。あるときボタニカルアートの画集を買ったら、中に「遺言」と書かれた封をした封筒が挟まっていた。それで、その画集の売主である弦一郎に連絡を取ったのだった。画集はつい最近、死んだ学者の家から弦一郎が買い取ったものだったが、なにしろ「遺言」なのだから早く先方に返したほうがいいだろうということで、受け渡しのために高円寺の駅前で待ち合わせした。それまで、互いになんとなく顔だけは見知っていたふたりは、そのときはじめて自己紹介し合った。「遺言」の顚末《てんまつ》は興味深いものだった。弦一郎が返しに行ったら、ひどく迷惑そうな顔をされたとか。そんな話を、次に会ったときに喫茶店でコーヒーを飲みながら聞いた。そうしてふたりは次第に近づいていった。「運命」という言葉を、あの頃ふたりは好んで使った。鈴子が弦一郎から買った商品の中に「遺言」が挟まっていたのも、出会ったのが彼の妻の失踪から八年目だというのも。彼の妻については、実際のところ、警察に話した以上のことは鈴子は知らなかった。彼女に男がいるのはわかっていた、と弦一郎は言った。わかっていたが問《と》い質《ただ》さなかった。それがよくなかったんだと思う。彼女は絶望したんだろう。男と一緒になりたかったというより、俺から逃げ出したんだと思っている。だから見つからなかったんだ。俺も、どっかで、見つからなければいいと思っていたのかもしれない。

辛《つら》いから、この話はあまりしたくないんだ。弦一郎はそう言い、鈴子は理解した。だから彼が話す以上には聞かなかった。青梅の家を訪れたことがないというのも、本当だ。独り暮らしの男の家なんか見せられたもんじゃないよというのが彼の弁だったが、鈴子のほうも妻の話を聞いたあとでは、あなたの家を見てみたいとねだるのは何だか野次馬根性みたいで憚《はばか》られた。

ただ、刑事たちに言わなかったことがひとつあって、家の中に入ったことはなくても、家の外観は見たことがあった。あれは五、六年前だったたか。弦一郎が突然思いついて、ドライブに出かけたのだ。目的地は渓谷だったが、せっかくここまで来たから俺の前の家を見にいってみようか、と弦一郎は当時乗っていたワゴン車のハンドルを切った。その家は崖の下にめり込むように建っていた。敷地は広くて、平屋の母屋のほかに、その半分くらいの大きさの納屋のような建物があった。自分が住んでいたときには納屋を古書の倉庫にしていたのだと弦一郎は言った。どちらもボロボロで倒壊しないのが不思議なほどだったが、まだ人が住んでいるようで、庭の物干しに洗濯物がはためいていた。きっと俺みたいなやつが住んでるんだな。あの洗濯物からすると小さい子供もいるな、あれはとうぶん出ていかないな。あのとき、彼はそうも言ったのだった。どうしてそんなことを気にするのだろうと、微《かす》かな違和感があったから、覚えている。いや、鈴子に会わなかったら、俺はまだここに住んでたんだろうなと思ってさ。言い訳のつもりだったのか、弦一郎はそう続けた。ずっとここに住んでいたかったのだろうか。ちらりとそう思ったことも、覚えている。

　歳月が経ち代替わりか何かあったのだろう、その家の大家が土地を手放すことになり、先月、二棟の建物が壊された。すると納屋の床下から白骨があらわれた。警察は一ヶ月足らずで、それが弦一郎の失踪した妻の成れの果てであることを突き止めた。

「温かいお茶でも淹《い》れましょうか」
　編集者が言った。それが「奥に隠れていたほうがいいんじゃないですか」の意味だとわかったので、「ありがとう、でも今は結構よ」と鈴子は答えて、会場内へ歩き出した。さっきの男みたいな者がまた来たら、今度は言い返してやろうと決意して。あんた、人殺しとずっと暮らしてたわけでしょう。セックスだってしてたんでしょう。――ええ、その通りよ。なかなか得難い体験をしたわ。

　鈴子が近づいていくと、そこにいた人たちが離れていくようだった。さっきの一件が影響しているのかもしれないし、もはや鈴子自身が禍々《まがまが》しい雰囲気を発散しているのかもしれない。良いことだとは思えなかったが、少なくともそのおかげで、自分の作品を心ゆくまで鑑賞することができた。

　薬缶や重なったコーヒーカップ。庭先に干されたふたりぶんの長靴と傘。結婚以来ずっと使っている大きな食器棚は三つのパートに分けて全景を刺した。我ながら良い出来栄えだった。いつまで見ていても、見飽きない。見るたびに発見がある。

　発見。そうだ、創作の醍醐《だいご》味《み》は発見だ。刺繡の場合、スケッチするときにまずあって、糸を刺していくときにもあらためてある。慣れ親しんだもの、見飽きるほど見ているはずのものたちやそれらが作る風景が、あらたな意味を持ちはじめる。たとえば出窓に並んだ、小さなダルマとオロナインの小瓶と、『地獄に堕《お》ちた勇者ども』のＤＶＤ。それらのひとつひとつは、いつそこに置かれたのか。誰が置いたのか。ＤＶＤを観たのはいつだったのか、そこに置きっぱなしにしたのは、近いうちにもう一度観ようと思ってのことだったのだ、それをいつの間に忘れてしまったのか。たとえば台所のカウンターの上の、コの字型の手作りの棚。小物がごちゃごちゃするので、弦一郎に作ってもらったのだが、カウンターの色に合わせて塗料を塗るよと約束したままそれきりになっていて、白木のところどころにコーヒーやら油やらの染みがついている。あれらのシミはいつ誰がつけたのか。ふたりとも、いつから塗料のことを考えなくなったのか。

　次から次へといろんなことが浮かんできて、そのうち頭の中がぼんやりしてきた。弦一郎が連れて行かれて以来、よくそうなる。これらの思考と、弦一郎が前妻の首を両手で締めて殺し、その死体を納屋の床下に埋め、鈴子と会うまでの七年間そのそばで暮らしていたという事実――そう事実だ、裁判を待つまでもなく、弦一郎はそれをあっさり認めたという――とが、水と油のように分離して、頭の中でちゃぽちゃぽしている。最初は、何かの間違いだとしか思えなかった。可笑《おか》しくさえあり、今にも弦一郎が帰ってきて、殺人と死体遺棄の犯人に間違えられた理由を面白おかしく話して聞かせてくれるだろうと――そのときの彼の笑い顔や自分の笑い声ばかりを、何度も頭の中に思い浮かべていた。

それなのに弦一郎は帰ってこなかった。それどころか、会うことも叶《かな》わなかった。留置場に鈴子が出かけても面会できなかったのは、警察側の事情や規則のせいである場合もあったが、決定的だったのは弦一郎の拒否だった。「本人が会いたくないと言っています」という理由で追い返された。最初は警察の人たちが嘘を吐いているのだと思った。だが、彼らのそれこそ気の毒そうな表情で、そうではないことがわかったのだ。あれは殺人犯の妻を見る目というより、捨てられた女を見る目だった、と鈴子は思う。

今、鈴子は「本棚A」と題された作品の前にいた。これも三部作で、AとBとCがある。弦一郎の商品を収めた本棚がある風景を分割して刺繍したものだ。ぎっしり詰まった本の背表紙は、ところどころ書名も刺してある。『戦争まで』『アフリカの死』『アナイス・ニンの日記』、『新パスタ宝典』とか『脱毛の秋』なんていうのもある。売り物だからときどき入れ替わりがないことはないが、実際のところここ数年よく動くのは本よりも紙もの（古い地図やすごろくや広告ポスター、ビラの類）なので、本棚はある種の壁紙のように鈴子には認識されている。

　ほかの身の回りの景色同様に、暮らしの中でわざわざ本棚を見にいくということはなかった。掃除機をかけるとき、食事を知らせてもなかなか出てこない夫を引っ張り出すとき、「遺言」ほどではないけれど、古書市場で買ってきた本の山の中に何かめずらしいものが入っていたりして、おい鈴子、ちょっと来てごらんと弦一郎から呼ばれたときなどに、鈴子は彼の仕事場に入った。本棚はごく自然に視界に入った。そのときが積み重なって、今では目をつぶってもほとんど正確に思い浮かべることができる。一冊抜け落ちたり入れ替えられたりしただけでも、具体的にはわからなくても、昨日とは何かが違うことに気がつくだろう。それだけの日々を、夫とともに暮らしてきたのだ。二十一年間というのは、そういう日々のことなのだ。

　突然、腕を摑まれた。ぎょっとして振り向くと、女がいた。四十代半ばくらいだろうか、黒いタートルネックにチノパンツというこざっぱりした格好で、ダビデの星みたいな大きな金色のペンダントをつけていた。

「どうしてわかったんですか？」

　女がそう言ったとき、弦一郎の事件のことだと鈴子は思った。発覚の経緯を、そんなに聞きたいなら聞かせてやろうと思っていると、「いつ私の家に来たんですか？」と女は言った。

「え？」

「この本棚はうちの本棚です」

「え？」

「間違いないです。本棚の中身も、並びかたも全部同じ。うちの本棚を写真に撮ったのでもなければこんなにそっくり同じには刺繡できません。いつ、うちに忍び込んだんですか？　なんのためにそんなことをしたんですか？」

鈴子の腕を摑んだ手に力がこもり、するとなぜか鈴子の意識は女から離れて、例のちゃぽちゃぽの中を漂いながら、数日前、弦一郎と面会したときのことが浮かんできた。ようやく彼が接見の場に出てくることを承諾したのだ。

テレビの刑事ドラマで見たのと同じ、アクリル板の仕切りを挟んで向かい合った。彼は別人のように見えた。瘦せてはいなかったが置き忘れられ萎《しぼ》んだ果物のようだった。透明な仕切りだけではなくてもっとたくさんの、分厚いものに遮られているような感じもした。夫が夫に似た着ぐるみを被《かぶ》っているようでもあった。夫は面会の間中、鈴子と目を合わせなかった。

「俺の本のことなんだけど」

前置きもなしに弦一郎は言った。家に置いてある古書の在庫を、すべて市場に出して売り払ってくれという話だった。同業者の誰それに話をつけてある。彼から連絡があったら、引き取りに来てもらう日取りを決めてくれ。鈴子は何もしなくていい。彼らが全部やってくれる。

「商売をやめるつもりなの？」

頭の中が疑問符でいっぱいで、何から聞けばいいのかわからぬまま、鈴子はそう聞いた。

弦一郎は少し笑った。

「続けられるわけないだろう。いつ出られるかわからないんだから」

「だって、出てきてから……」

「そのとき俺が何歳になってると思うんだ」

「だって、まだ裁判が……」

これには弦一郎は返事をしなかった。アクリル板の仕切りの端のほうに視線を移して、表情を消した。たまにつまらない理由で口喧嘩になったとき、鈴子に責められて答えようがないと、そんな態度になることがあった。そんなところだけが以前の夫のままだった。

裁判で闘うつもりなどないのだろう、と鈴子は思った。

「私との面会はずっと拒否してたのに、本の処分のことでは弁護士に頼んだりしてたのね」

再び、何を怒ればいいのかわからなくなって、鈴子はそう言った。弦一郎はあいかわらず黙り込んでいた。

「ねえ！　何か言ったら」

鈴子はたまらず怒鳴った。ごめん、と弦一郎は呟いた。

「それだけ？　それでおしまいなの？」

「うん、そうだな」

「そうだなって？」

「おしまいだね」

「うん。ごめん」

「これはうちの本棚です！」

女のキイキイ声が、鈴子を接見室からギャラリーへ引き戻した。女の顔がすぐ目の前に迫っている。あらためて見るとひどく痩せていて、落《お》ち窪《くぼ》んだ目の周りをぎょっとするほど濃い化粧が隈《くま》どっている。すでに周囲の注目が集まっていた。

「プライバシーの侵害ですよ。勝手に刺繡して、発表するなんて。許可した覚えはありません！　これはうちの本棚です！」

ギャラリーオーナーと編集者が、再び割って入ろうとしていた。それを遮るように鈴子は壁に向かい、「本棚A」のパネルを壁から外した。

「差し上げます。お持ちください」

パネルを女に押しつけた。女はきょとんとした顔で、賞状を授与された人みたいにそれを受け取った。

「あなたの家の本棚なんでしょう。差し上げます。それでいいでしょう」

鈴子は女を押しのけてその場から歩き去った。控え室に入ると、客が全員いなくなるまでもそこから出なかった。

鈴子はギャラリーを午後九時前に出た。どこかで一杯飲みませんかという編集者たちの誘いを断り、バーへ向かう彼女らと反対方向へひとりで歩いた。

ギャラリーがある路地の角を曲がるとすぐ、女に渡した「本棚A」のパネルが目に入った。余白の白地が夜の闇の中にぼうと浮かび上がっていた。古いマンションのゴミ集積所に置き捨てられていた。南京錠《なんきんじょう》がついた金網の前に、展示するように立てかけてある。

あのあとどうなったのか、鈴子は編集者たちに聞かなかったし、彼女たちもその話題は持ち出さなかった。梱包《こんぽう》もされぬまま女はパネルを持ってギャラリーを出たのだろうか。そしてここで捨てた。どうして？　彼女の家の本棚だと言っていたのに。あれは嘘だったのか。本当だったが腹立ちが治まらなかったのか。いずれにしてもここで捨てた。すとんと落として、道路のほうへ倒れてこないように、あるいは鈴子が通りかかったとき、それが女に捨てられたのだということがすぐにわかるように、刺繍の面がよく見えるように金網に立てかけたのだろう。

二十一年。

刺繍の本棚に向かって、鈴子は声に出さずに呟いた。

私と夫が共に暮らしていた二十一年の間、弦一郎の妻はずっといたのだ。あの納屋の床下に。それに間違いなく、弦一郎の中にも。彼女はいたのだ——小さなダルマを出窓にどちらかが飾ったときにも、弦一郎がコの字型の棚を作ったときにも、いつまでたっても塗装されないその棚の上に、油染みが増えていく間にも、本棚を本が埋めていく間にも、その景色に私の目がすっかり慣れる間にも。そして納屋が壊されて彼女は見つかって、そうしたら、私と夫の関係はあっさりとおしまいになった。いや、もしかしたら、もとからはじまってなどいなかったのかもしれない。弦一郎が妻を殺した理由はわからない。まだ誰も鈴子には教えてくれない。でもきっと、男がいたという話は本当なのだろう。弦一郎がそのことを問い質さなかったというのも、嘘ではないのかもしれない。でも彼は彼女を殺した。それほどの執着があったということを、弦一郎は私に隠していた。二十一年間。

鈴子は刺繍の本棚をじっと見た。金網の後ろにはマンションの住人たちが捨てたのだろう黒いゴミ袋がいくつも見え、刺繍のパネルもゴミみたいに見えた。それに向かって、鈴子は発作的に唾を吐きかけた。唾は『アフリカの死』の上に落ちて細く流れた。

鈴子は地下鉄の駅に向かって歩き出した。帰ったら、冷蔵庫の中の煮込みを捨てようと考えた。

墓

外壁の色はグレイがかった水色にした。

塗料の各色の配合をあれこれと試して、ようやく決まった。いい色だと思う。決まってよかった。もうずっと長い間、なんなら生まれてから今までずっと、外壁の色のことばかり考えていたような気がする。

塗料を入れたバケツの中に、俺は刷毛を浸す。妻の蘭子《らんこ》が、俺が浸し終わるのを待っている。俺の刷毛がバケツから出ていくと、蘭子も自分の刷毛を浸す。俺たちは、家の中から持ち出したダイニングテーブルを足台にしている。このテーブルもあとで、濃い青で塗るつもりだ。都市部からこの町に移住してきた若い夫婦として、今週末に取材を受けることになっている。それで家の外も中も、フォトジェニックになるように手入れしているのだ。築六十年近いこのボロ家は、元は蘭子の祖父母の住まいだった。祖母が死に祖父が施設に入って住む人がいなくなり、俺たちが譲り受けた。その辺の事情や、セルフリノベの苦労やこれからについても話す予定だ。

俺のほうが蘭子よりも手際がいい。蘭子がもたもた塗っている間に、俺はまた刷毛を塗料に浸す。屈み込んだ姿勢で顔を上げると、すぐ上に蘭子のふくらはぎがある。膝下の黒いスパッツから、腸詰めの中身みたいに、ぶりん、ぶりんとはみ出している。蘭子は少し痩せたなと思う――それにしたって、痩せぎすの俺よりもまだ余裕で体重が多いだろうが。スパッツの上には、胸のところでシャーリングを寄せたリバティ柄のチュニックを着ている。体形カバーができるデザインの服を蘭子は好む――この先、スマートな体形になることがあったとしても、たとえば痩せぎすの老女になっても、彼女はこの種のチュニックを着続けるだろう、と俺は思う。

「精が出るねえ」

下から声がかかった。隣の家の小西《こにし》さんだ。奥さんも一緒に、うちと同じくらい狭い隣家の庭から俺たちを見上げて、ニコニコ笑っている。タウン誌の取材の話を持ってきたのは小西さんだった。

「手伝おうか？」

「大丈夫っす。そのかわり、俺らが焦って外壁塗ってたって、取材の人には言わないでくださいよ」

「ははは」

小西さん夫婦は俺たちの両親くらいの年回りだが、めちゃめちゃ感じが良いし、奥さん手製の惣菜や甘いものなんかをときどき分けてくれるし、申し分ない隣人だ。ここへ来る前に住んでいた都内のアパートの隣の部屋の夫婦が最悪だったから、ありがたみはひとしおだ。

熱中症気をつけて、と言って小西夫婦は自分たちの家に戻っていく。七月のはじめの日曜日、午前十時を回ったところで、俺たちはすでに汗だくだ。朝八時過ぎから作業しているから、そろそろ休憩したほうがいいだろう。だが一度手を動かしはじめると、止めるきっかけがつかめない。蘭子も一心不乱に塗っている。もうずっと長い間、なんなら生まれてから今までずっと、壁を塗り続けているような感じがやっぱりする。足台のテーブルの上にはっきりした音をたてて彼女の汗が落ちてきた。俺は必要以上にぎょっとして、その勢いで、蘭子、と妻に呼びかけた。

「んー」

振り返った蘭子が、おかしな表情になった。目を眇《すが》め、目を見開き、また目を眇めた。俺を見ているのではないことがわかって、俺も振り返った。

道の向こうから、茶色いものが近づいてくる。近づくにつれ、それは猫の形になる。茶色いトラ猫だ。猫はゆっくりと歩いてきて、俺たちの家に向かって角を曲がる。俺は顔をもとに戻して蘭子を見た。視線が合う。蘭子が何か言いそうになったから、俺は小刻みに首を振った。そんなわけないだろう、という意味だ。

まだ塗り終えていなかったが、俺たちは家に入った。

暑い、と蘭子が言ってエアコンを稼働させたので、俺は開け放っていた窓を閉めた。エアコンが前のアパートから持ってきた旧式である上に、隙間だらけの家だから、利きが悪く、よけいに汗が吹き出てくる。

　俺と蘭子は窓辺に並んで外を見た。トラ猫は我が家の狭い庭をうろついていた。生垣の向こうに小西さんのご主人の顔がある。庭仕事でもしているのだろうか。俺たちに気がついて手を振ったので、俺たちも振り返した。猫のことは見えていないようだ。俺は、このタイミングで家の中に入った理由を考えはじめた。小西さんはわざわざそんなことを聞かないかもしれないが、考えておいたほうがいい。腹が減ったから。そう言おう。

　俺は台所へ行き、チャーハンを作りはじめた（料理と言えるもので俺が作れるのはチャーハンだけだからだ）。レンジで解凍したごはんと卵とハムと葱をフライパンの中で煽っていると、油が焼ける濃い匂いが立ち上り、これが換気扇から出ていって小西さんの鼻に届けば、説得力があるだろう、と考える。同時に俺は、いつか蘭子がこの匂いのせいで吐いたことを思い出した。俺がチャーハンを作るのはそれ以来であることも。あれは去年の秋だったか。思い出したせいで俺も吐き気を感じた。腹は減っていなかったし、チャーハンを食いたい気分でもなかった。今、いちばん食いたくないものがあるとしたらそれはチャーハンだった。

　だが、作ってしまったので、俺はフライパンの中身を皿ふたつに分けた。ダイニングテーブルは外だったから、寝室にしている和室へ持っていった。蘭子もそこにいて、りんご箱で作った本棚の上に飾ってあった額を手に取っていた。テルの写真を入れたものだ。蘭子は額から写真を取り出してじっと眺めた。そして、俺のチャーハンには見向きもせずに、和室を出ていった。俺も後に続いた。

さっきの窓辺にまたふたり並んだ。庭には蘭子が朝顔を植えていて、蔓《つる》が絡んだ棒の間を縫うように、トラ猫は歩いていた。蘭子が写真を俺たちの前にかざした。

「右後ろ足の先が白いでしょう。あと、尻尾の先も」

蘭子は写真と猫とを見比べながら言った。

「テルだよ、あれ、絶対」

「そうかな」

本当は俺は、さっき猫を見たときから、右後ろ足の先と尻尾の先のことに気がついていた。テルと同じだと。

トラ猫は庭の端まで行き、テルの墓に近づいた。匂いを嗅ぎ、それからその場所の土を前足で掘りはじめたので、ぎょっとしたが、すぐにやめて、墓の上に座った。トラ猫は俺たちのほうを見て、ニャアと鳴いた。

ニャア

ニャア

ニャア

ニャア

トラ猫は鳴き続ける。うちの庭でこんなふうに鳴いていたら小西さんが出てきてしまうかもしれない。俺より早く蘭子が掃き出し窓を開けた。つっかけを履いて庭に降り、トラ猫を抱き上げて連れてきた。

「ほら、テルだよ。テルなんだよ」

蘭子は涙声になって言った。トラ猫はずっとそこにいたかのように蘭子の腕の中で落ち着いていて、今外に出しているテーブルがあった場所を、不思議そうに見ている。俺はおそるおそるトラ猫の頭を撫《な》でた。トラ猫は目を細めてゴロゴロ喉を鳴らした。

「テルだな」

と俺は認めた。

「どうする」

「どうするって？　せっかく帰ってきたのに、追い出す気なの？」

「いや……でもさ、墓があるんだぜ。小西さんも知ってるんだぜ、あの墓のこと」

「この子がテルだって、あたしたちだけがわかってればいいじゃない。小西さんには嘘をつけばいいじゃない」

それで、俺たちはそのことを相談した。

もちろん俺は、ふらっとあらわれたトラ猫がテルだということはもうわかっている。もちろん、追い出そうなどとは思わない。もともと俺は、めちゃくちゃテルを可愛がっていた。蘭子よりも俺のほうがベタベタだった。だからテルが帰ってきてくれて嬉しい。

嬉しいはずだ。

　でも今の俺は、嬉しいとか可愛いとか、あるいは寂しいとかこわいとかむかつくとか、そういう感情がよくわからなくなっている。ずっと外壁の色を考えていたような、ずっと外壁を塗っていたような、そんな心地が感情を覆っている。

　俺たちは申し訳程度にチャーハンを食べ、再び外に出た。テルも一緒に出たがったが、出さなかった。いなくなる以前は好きに外に出していたのだが（そのせいでいなくなったわけだった）、これからはもう出さないようにしよう、と蘭子と決めた。俺たちはテーブルに上り、外壁を塗ることに戻った。五分も経たないうちに、小西さんが出てきた。

「さっき、猫の声しなかった？」

　生垣の向こうから身を乗り出して、うちの庭を見渡している。野良猫ですよ、と俺は言った。

「すごい人懐こい猫で、中に入れろってうるさくて」

「テルそっくりだから、飼うことにしたんです」

　と蘭子も言った。

「へええ。それはまた、奇特な話だね」

「そうなんですよ、マジ似てるんです。なんかのお導きっていうか、そんな感じで」

「テルちゃんが、遣わしたのかもねえ。自分がいなくなって、遼《りょう》くんたちが寂しがってると思ってねえ」

俺たちはコクコクと頷いた。俺たちより、小西さんのほうがうまくまとめてくれた。姿が見えなくなったと思ったら、小西さんはうちの庭に入ってきた。猫を探している様子なので、家の中にいますよと言ったら、掃き出し窓から家の中を覗き込んだ。

「わーほんとだ、テルちゃんそっくりだ」

小西さんは手をパチパチと叩《たた》いた。

「もうすっかり自分の家みたいな顔をしてくつろいでるね。名前、なんてつけたの」

「テルって呼ぶことにします」

蘭子が答えた。

「そうだね、それがいいね」

小西さんはとろけるようなやさしい顔で、うんうんと頷いた。

それでトラ猫は対外的にもテルになった。

俺たちの生活にテルが戻ってきた。全然、テルの感じがしなかったが。いや、トラ猫がテルだということはわかっていて、一年を経てテルが戻ってきたことが嬉しい一方で、呪《のろ》いみたいにも感じられてこわくなっているのに、こいつ本当にテルなのか、テルってこんなだったか、テルがいる生活ってこんなだったか、と俺は一日中考えずにはいられなかった。

テルは、俺たちがまだ移住を決める前、この家を見にきたときに、庭の片隅でぴゃあぴゃあ鳴いていた子猫だった。一年前、いなくなった。朝、いつものように掃き出し窓から外に出て、帰ってこなかった。もちろん俺たちはめちゃくちゃ探した。近隣を歩き回り、さらに遠くまで自転車で行って走り回り、動物病院、警察、保健所に問い合わせ、ポスターを作ってあちこちに貼りまくった。

それでもテルは見つからなかった。似たような猫を見たという情報さえ届かなかった。夏が過ぎ秋が来て冬になっても、俺たちは探し続けた。十二月の最初の日曜日にも俺たちは探しにいったが、俺の仕事（俺はイラストレーターだ）が終わらなくて、家を出るのが遅くなった。寒い日で、日が暮れていっそう冷え込んでいた。七通りあるルートのひとつをテルの名前を呼びながら小一時間巡回して——その頃はテル探しが、肉体的にも精神的にも、筋トレのような修行のような性質を帯びていた——、家に戻ったときには体が芯から冷え切っていて、俺は風呂を溜《た》めに行き、蘭子はトイレに入った。

蘭子はまだトイレなのかなと思いはじめたとき、ダンダンダン、と音がして、それは蘭子が内側からトイレのドアを叩く音だった。遼ちゃん、遼ちゃんと言うか細い声も聞こえた。トイレのドアはなかなか開かなかった——うずくまった蘭子がつっかえ棒みたいになっていたせいだ。蘭子の肉にドアをめり込ませるようにしてようやく中に入ると、便器の中は真っ赤だった。

全然知らなかったのだと蘭子は言った。もともと生理不順だったし、体調のいろんな変化は、テルがいなくなった精神的ダメージのせいだと思っていたと。

そうか、としか俺は言えなかった。それ以後、今に至るまで、その件についてはそれ以上のことは話していない。俺たちが話したのは、墓のことだけだった。

俺たちは外壁を塗り終わり、テーブルも塗り終わった。茶の間の壁に小さい棚をいくつか作って、観葉植物の鉢を飾ったりもした。車で三十分かけて隣市のユニクロに行き、服も新調した（蘭子はやっぱり、だぼっとしたシャツワンピースみたいなのを買った）。テルにも首輪を買ってやった。以前つけていたのと同じ、青いギンガムチェックのやつだ。

取材の日もピーカンだった。客のために、俺たちは朝早くからエアコンを稼働させた。午後一時に、俺たちと同年代くらいの女性ライターがひとりでやってきた。彼女の後ろに小西夫婦がいた。取材者は、奥さんのほうの知り合いらしい。三人で家に入ってきた。小西さんの紹介で取材を受けることになったのだから、彼らが立ち会うのは当然なのだろう、と俺は考えることにした。

ライターはまず、バッグから小さなデジカメを取り出して、家の外と中をカチャカチャと撮った。俺たちは彼女について回り、聞かれたことに答えた。小西夫婦もついてきて、なるほどねえ、すごいねえ、たいしたもんだ、といった感想を述べた（発声するのはご主人だけで、奥さんはひたすらニコニコ笑っていた）。それから全員で茶の間に入り、あらためてインタビューを、ということになったが、家の入手経緯やリノベーションについては撮影中にほとんど話してしまったので、あと何を聞けばいいのか、ライターが困っていることが何となくわかった。

蘭子が冷たいレモネードを人数分運んできた。これはイギリスの有名な園芸家のレシピで作った自家製なので、そのことで少し話が弾んだ。それからまた沈黙が訪れて、もう終わりでいいんじゃないかと俺が思いかけたとき、「このふたりって、本当に仲がいいんだよね」と小西さんが言い出した。

「イチャイチャしてるってわけでもないんだけど、なんていうの、いい夫婦だなあっていう雰囲気をいつもかもし出してて、見るたびにニヤニヤしちゃうんだよねえ」

「ニヤニヤ」

と俺は苦笑し、

「あはは」

と蘭子が、俺よりもはっきりと笑い、

「わあ、素敵ですね」

とライターが言った。そこにテルがのそっと入ってきた。テルは俺たちにも客にも関心がない様子で、掃き出し窓のそばに直行すると、外に出せというようにニャアニャア鳴きはじめた。

ニャア
ニャア

ニャア
ニャア
全員、なんとなく息を詰めて、テルを見つめた。ライターはぴったりした青い長袖Tシャツの袖を捲り上げた――この暑いのに暑苦しい格好をしているなと俺は思っていたのだが、あらわになった部分にシールなのか本物なのか、腕時計のタトゥーがあった。ライターはすぐに袖を下げた。俺は視線をさまよわせた。あたらしく取り付けた棚が少し曲がっている。観葉植物の頼りない蔓が、風呂場の排水口に溜まった髪の毛みたいに見える。その横の棚には、俺たちの結婚式のときの写真を入れた小さな額。俺はユニクロのスーツで、蘭子はネットオークションで七千八百円で落札したピンクのワンピース。友だちがやっているカフェを借り切って行ったささやかな披露宴で、俺はスピーチで自分たちの衣装の総額をネタにして笑いをとった。
「あっ、この猫ね、すごい逸話があるんだよね」
テルの鳴き声と張り合うように、小西さんが言った。
「ほらあそこ。あそこにお墓があるでしょう。テルちゃんていう猫のお墓なんだよね。去年の冬に交通事故で死んじゃってね。その猫にそっくりな猫が、ひょっこりあらわれたって。それがこの子。やっぱりテルちゃんって名前になって、可愛がられてるの。ね？」
俺たちは頷いた。ライターがいくつか質問し、俺たちは答えた。最初のテルのことと、このテルのことについて。テルが鳴き続けるのでみんな大声になった。それから、お墓の写真を撮らせてほしいとライターが言い出し、俺たちはまたぞろぞろと庭に出た——俺は、ついてきたテルの鼻先でドアを閉めた。俺たちが土の上に置いた細長い灰色の石を、ライターは撮った。カチャ。カチャ。カチャ。その石はあの夜、俺が探してきたものだった。蘭子は蘭子で探していて、こっちがいいねということでこの石になったのだが、あたりが暗くてよく見えなかったから、実際のところこの石のどこが決め手になったのかよくわからない。土をならしてその上に石を置いたのとほぼ同時に、「何やってるの？」と声がかかったのだった。小西さんのご主人だった。テルが死んじゃったんです、と答えたのは蘭子だった。どっかで車にぶつかったみたいで、やっと帰ってきてくれたと思ったら、もうだめだったんです。

誌面に使うかどうかはわかりませんけど、とライターは言った。まあ、お墓の写真を載せるっていうのもね、と小西さんが言い、俺たちはまた張子の虎みたいに頷いた。それから俺たちは全員で、家の中に入った。いったいこの取材はいつになったら終わるのか。取材されるのは楽しみであったはずなのだが、俺は次第にイラついてきた。それに気がついたような顔で、ライターが、「本当に素敵なご夫婦でした！」と言いながらデジカメをバッグにしまった。そのタイミングで、「お子さんは？」と発言したのは小西さんの奥さんだった。たぶん、この日の彼女のはじめての発言だったし、俺たちが彼女の声を聞いたのも、もしかしたらこれがはじめてじゃないか。俺たちは一様にぎょっとして、彼女を見た。

「この素敵なおうちと、素敵なふたりに、お子さんが加わるご予定はないの？」

「おい！」

俺が何か答える前に、小西さんが怒鳴った。大声ではなかったが、それこそこれまで聞いたことがないトーンの声で、ゴツゴツした岩みたいに俺たちの前に転がって、全員が凍りついた。

「プライバシーの侵害だよ、そういう質問は」

小西さんはいつものやさしい声と穏やかな顔に戻って、奥さんに語りかけた。そうよね、ごめんなさい。奥さんは夫の怒鳴り声が聞こえなかったみたいに、ニコニコしながら謝った。

「いや……俺たち、子供苦手なんですよ」

俺はどうにか微笑しながら言った。

「自分たちがまだ子供だからかな？　全然ほしいと思わないんです。母性本能ないみたいで」

蘭子も言った。これは本当のことだった。俺たちにはやるべきことやりたいことがたくさんあって、子供を持つヒマも金もない。そもそもそんなに好きじゃないしほしくない。俺たちの幸せには子供は必要ない。だから子供はいらない。これは俺と蘭子の一致した意見で、いつも必要に応じて表明している。今みたいに誰かに子供のことを聞かれたときも、ふたりだけの間でも。あのときも、すべて終わった後で蘭子は言った。だってほしくなかったでしょう？　と。

「あっ、母性本能ないかもとか、記事には書かないでくださいね」

蘭子が冗談ぽく言い、俺たちは笑った。俺たちが庭にいる間にまたどこかに消えていたテルが部屋に入ってきて、ライターの膝に頭をこすりつけた。

取材協力費として、その日ライターから直接、三千円をもらった。客を見送った後、俺たちは買い物に行き、すき焼き用の肉を奮発した。お疲れーとビールで乾杯して、ライターの能力について疑問を呈し合い、写真の出来上がりを心配し、掲載誌が何部必要か（誰と誰に見せるか）を相談した。たらふく食べ、少し酔っ払った。小西さんの「おい！」のことは話題にしなかった。俺は話したくなかったし、蘭子もそうだったということだろう。笑えるようにうまく話してくれないかなと俺は蘭子に期待していたが、蘭子もそうだったに違いなく、つまりふたりともうまく話せる気がしなかったのだろう。

その夜も俺たちは時間をずらしてべつべつに布団に入った。今夜は蘭子が先で、俺があとだった。俺はノートパソコンをダイニングテーブルに持っていき、過去のメールを意味もなく読み返したりして時間を潰した。和室に行くと、俺が先のときにはそうするように、蘭子はもう眠っているか眠ったふりをしていた。俺たちは一年以上セックスをしていない。そんなものはこの世に存在しないかのように生きている。

テルが部屋に入ってきた。布団より畳の感触がいいのか、俺と蘭子の布団の間に寝そべった。

「クラゲがいるかもしれないけどね」

と、小西さんが言う。俺たちは彼が運転するバンに乗っている。助手席に奥さん、後部座席に俺と蘭子、キャリーバッグの中にテル。トランクに荷物。八月の最後の土曜日、車は海辺を目指している。

キャンプに行かないかと誘われたのだった。ちょっといいテントを買ったから、使ってみたいのだと。テントは四人余裕で寝られるし、ほかの携帯品や食材なんかも全部こっちで用意するから、寝袋だけ持ってくればいいよと言われて、夏休みらしいことを全然していなかった俺たちは、行くことにした。さすがに全部お任せは悪いと思い、寝袋のほか、いくつかのものを買い揃え、食材もそれなりに仕入れてきた。

朝は薄曇りだったが、走っているうちに雨が落ちてきた。予報によると今日も明日も天気はあまり期待できない。でもテントがあるからね、と小西さんは陽気に、アウトドアの楽しさについて語り出した。学生時代に探検部に入っていたらしい。キャンプに行くのはそれ以来のことだそうだ。そうだ、遼くんたちを誘ってみようって思いついたら、俄然《がぜん》やる気になっちゃってさ。はははは、と小西さんは笑い、うふふふ、と奥さんも笑った。今日、奥さんはいつもの笑うだけの人に戻っている。

途中で渋滞にはまったのと、高速を降りてからかなり道に迷ったせいで、日本海に突き出た半島の、浜辺のキャンプ場に到着したのは午後四時だった。盆が過ぎているせいかそこは閑散としていた。炊事場とトイレであろうコンクリートの建物が、遺跡みたいに見える。雨が強くなってきて海と砂浜の境界線が曖昧になっている。

テントの設営にも膨大な時間がかかった。雨の中だし、俺はまったく素人だし、小西さんもはっきり言って設営のエキスパートというわけではなかったから。炊事場で雨宿りしていた奥さんと蘭子も最終的にこっちに加勢して、四人で濡《ぬ》れ鼠《ねずみ》になりながらああでもないこうでもないと奮闘して、テントはどうにか形になった。午後七時を過ぎて、ようやく俺たちは、タープの下に座ることができた。炭火でバーベキューをするはずだったが、余力が残っていなくて、俺たちが持ってきたカセットコンロの上にやっぱり俺たちが持ってきたフライパンを載せて肉や野菜を焼くことにした。テルはキャリーから出し、リードをつけて、そのリードを俺の携帯椅子に結びつけた。テルは例によって自分の家にいるみたいに落ち着いていたが、動くたびに椅子が揺れた。タープに落ちる雨音がうるさい。

俺たちは缶ビールを開けて、乾杯した。小西さんはまた、探検部時代の話をはじめた。秘境探検に行って温泉に着いてしまった話とか、秘境探検に行って途中で戻って温泉に寄って帰った話とか。どちらの話も長かった。探検部のメンバー五人のプロフィールと容姿まで微細に描写された。最初の話で、着いてしまった温泉の主人とはずっと文通していて、その人は去年、老衰で大往生したそうだ。

それから俺たちが、俺たちの馴《な》れ初《そ》めを話した。俺がバイトしていた居酒屋に蘭子が女四人で飲みに来て、その中のひとりが泥酔してトイレから戻ってこなくなって、蘭子がドアを叩いても応答がないので俺が呼ばれて……という話。ドアが開かないのでドライバーで蝶番《ちょうつがい》外したんですよ、そのドライバーの柄がなんかルビーみたいな透明な赤で、それを見た蘭子が、わーかわいい、って言ったんですよね。正直、大丈夫かこの女、って思いましたよ。俺は笑いを取りにいきながら、この状況は去年のあの夜と似てるな、ということにはじめて気がついた。なにかのお告げみたいなものだったのかと。俺は蘭子をちらりと窺った。蘭子はそっぽを向いていた。

それから小西さんがお返しみたいに、奥さんとの馴れ初めを話した。社会人になってからはじめたソシアルダンスのサークルで出会ったのだそうだ。あの頃この人には、モナリザなんて渾名《あだな》がついていてねえ。今でもちょっとそういう雰囲気あるでしょう。でも、いい意味だけでもなくてね。動きがとろいっていう意味もあったんだよね。それもなんか、妙に堂々ととろいっていうか、とろいのを本人が全然気にしてない感じっていうか、ね？モナリザっぽいでしょう。それで新婚旅行は、パリに行ったんだよ、本物のモナリザが見たくて。

そのあとは俺たちが、セルフリノベの話をした。あの外壁の色を決める苦労談なんかだ。その頃、塗料を混ぜ合わせるパーセンテージのことを考えすぎて、日常生活が「むかつき五パーセント」とか「感謝一パーセント」とか、パーセンテージでできあがってしまっていた話。この前の取材では、外壁はもっとさらっと塗ったことになっていたから、これを誰かに話すのははじめてだった。話しながら俺は、今も塗料を調合しているみたいな、外壁を塗っているみたいな気がした。俺たちが、俺たちと小西夫婦が、この夜が、なんならこの世界全部が、外壁みたいな。

　フライパンの上が空になると、小西さんの奥さんが手品みたいにどこからかさっと肉や野菜を取り出して補充した。俺たちが持ってきた焼きそばの麺やウインナーも焼いた。食材は永遠になくならないように思えた。フライパンの中に脂がたまり、しゅわしゅわと泡がたっていた。俺はこっそりその数を数えた。百二個。この数字のことをいつか誰かに話すかもしれない。

　俺は肉を齧《かじ》りとってテルにやった。

「テルちゃんよかったねえ、連れてきてもらって。前のテルちゃんも喜んでるよね」

　それを見て小西さんが言った。

「ていうかこの子、前のテルちゃんの生まれ変わりかもね。今度は、絶対に迷子になっちゃだめだよ」

　俺と蘭子はテルの代わりに、それぞれに頷いた。テルが小西さんに近づこうとして、俺の椅子がまた揺れた。以前、外へ出していたときは、ときどき小西さんの家に上がり込んでいたらしい。

「本当にこの子、前のテルちゃんに生き写しだね」

　食べ終わるともう寝る時間だった。俺と小西さんがテントの外に出ている間に、奥さんと蘭子が寝支度をして、ふたりずつ順番に寝袋に入った。ふた組の夫婦の間はリュックで仕切られていた。テルは蘭子の足元に寝そべっていた。リードはつけたままで、端は食材が詰まった俺のリュックに結びつけておいた。

「僕らはあっという間に熟睡しちゃうからね。ふたりは遠慮なくね」

小西さんの声がした。遠慮なく、なんだというのだろう。俺はとりあえず笑い返したが、雨音に紛れて聞こえたかどうかはわからない。そのまま、俺は眠ってしまったようだった。目が覚めて、スマホを見たら午前四時十二分だった。

テルは今は俺の足の上でまるくなっていた。俺は寝袋のジッパーをそっと開けて、起き上がった。リュックからリードを外す。そのままテルを抱き上げ、テントの外に出た。炊事場とトイレにぽつんぽつんと灯った明かりが、砂の凹凸を微かに浮かび上がらせていた。波頭がときどき見えた。雨はまだ強く降っていた。

俺はテルを砂の上に下ろして、リードを引いて海のほうへ歩いていった。テルは俺の先になったり後になったりしながら小走りになっている。たちまち髪の毛を濡らした雨が顔にしたたり、俺は目をぱちぱちさせた。リードを持った指の力を少しだけ緩めた。テルが全力で走り出したら、リードは俺の手をすり抜けるかもしれない。

そのとき、海から何かが上がってきた。俺はマジでびびって、リードを固く握りしめた。それは小西さんの奥さんだった。一瞬、化け物にしか見えなかったのは、ゴム製の花がいっぱいついている水泳帽を被っているせいだった。下は、テルの首輪と同じようなギンガムチェックの水着だった。

奥さんは砂浜をザクザクと俺のほうに近づいてきて、すれ違いざま「あら！」と言って、モナリザみたいな顔でニッコリした。

送られてきた掲載誌に、墓の写真はちゃんと使われていた。

もちろん、テルの写真と、死んだ猫にそっくりな猫がひょっこりあらわれたというエピソードも。俺たちのセルフリノベの話より、なんならテルの話のほうがメインだった。外壁塗った意味なかったねと、俺と蘭子は言い合った。が、俺は、取材を受けてよかったと思った。他人の言葉で活字になったテルのエピソードを読むと、本当のことみたいに思えたからだ。そのことについては蘭子と話さなかった。でも俺は、蘭子が何度も繰り返しそのタウン誌をめくっているところを見た。

彼らが来たのは九月の終わりだった。掲載誌が届いて数日後の日曜日。俺たちはまた外壁を塗り替える相談をしていた。取材の前に塗った水色は、雨の後ひどく薄汚れて見えることがわかったからだ。塗料のカタログを広げて、こげ茶とか、いっそ紺とかはどうだろうという相談をしているところだった。

呼び鈴が鳴って、蘭子が出た。「タウン誌を見たんですけど」という女の声が聞こえてきた。「うちの猫が……」「ウーロンが……」と、男の声が続いた。

俺も玄関に出ていった。ダイニングの椅子の上で寝ていたテルが椅子から飛び降りて、俺に続いた。ウーロン！　と女が叫んだ。

「ウーロン！　パパだよ、ほら、おいで」

男が屈み込んで両手を差し伸べた。爺《じい》さんと言っていい年格好の男だった。テルはニャアと鳴き、タッタッと男の腕の中へ向かった。

「ほらやっぱり。ウーロンだ。ウーロンだよ」

爺さんは涙声になっている。女——婆《ばあ》さんも口元を押さえながら、俺を見た。

「うちのウーロンです。間違いありません。いなくなった時期と、お宅様にあらわれたっていう時期が、同じなんです。ずっと探していたんです。まだ目が開いたばかりの子猫の頃から可愛がっていて……私たちには子供がいなくて、この子が子供なんです、子供そのものなんです。どうか、お返し願えませんか」

「お礼はします、お礼はします」

爺さんも口を添えた。もはやテルを抱きしめている。俺と蘭子は顔を見合わせた。

いや、これはテルだろう。俺たちの家からいなくなっていた間、この老夫婦のところにいたとしてもだ。子猫の頃から可愛がっていたなんてはずはないだろう。テルは、子猫の頃から俺たちが育てたんだから。なんでこいつらは嘘を吐いているんだろう。一年飼っていて情が移って、どうしても取り戻したいのか。それともこれはテルじゃないのか。このふたりが子猫の頃から飼っていた猫なのか。

「テルッ！」

蘭子が呼んだ。

「ウーロン！」

負けじと、爺さんが呼んだ。婆さんは呼ばないのかな、俺も声が出ないな。俺はそんなことを考えていて、トラ猫は爺さんの両腕の中で、今更身を固くしていた。

スミエ

短い旅の行き先は亜弓《あゆみ》が決めた。地名ではなくてホテルで。森の中に料理が評判のオーベルジュがあるらしい。

周囲には取りたてて何もないところだというのも、ふたりの旅に合っていた。僕も亜弓も、観光というものにほとんど興味がなかったから。二年と少し前に知り合ってから、年に二、三度はふたりで旅をしていたが、今回は少し特別だった——ふたりの関係はあまりうまくいっていなかった。だが、まだ修復できるかもしれない。旅に同意したということは、亜弓も同じ気持ちなのかもしれない、と僕は考えていた。

ホテルの名前の次に地名を聞いたとき、思い出すことがあった。高校一年の数ヶ月間、家庭教師だった女性のことだ。それきり会っていなかったが、五、六年前にハガキを一通受け取っていた。実家宛てに届いたのを、両親が転送してくれたのだった。押し花をプリントしたような絵ハガキで、「お元気ですか？　私は今、牧場で暮らしています」というのが文面だった。返事は出していなかった——たったそれだけの文面のハガキを、彼女がどういうつもりでよこしたのかわからず、どんな返事を書けばいいのか考えているうちに時間が経ってしまった。小さなささくれみたいな感じで記憶に引っかかっていて、差出人住所の特徴のある地名も覚えていた。

「近くに牧場があるよ」

と僕が亜弓に言ったのは、その旅のはじめだった。僕が運転するサーブで、高速道路を走っていた。僕はフリーの編集者で、日本各地で広報誌の仕事を受けているので、これから行くところに牧場があることを知っていても不思議には思われない。ふうん、と亜弓は言った。気の無い返事だったから、僕はそれきり黙った。

十一月のはじめの、よく晴れた日だった。いつもそうだが平日を選んで出てきたので——亜弓は菓子作りを教える仕事をしていて、僕同様に休みは比較的自由に取れる——、道は空いていて快適だった。カーラジオからレディオヘッドが流れてきて、亜弓は膝の上を指で叩いて拍子をとった。そういう光景の切れ切れに、十九年前の雪の日のことが浮かんできた。

家庭教師のことを僕は音村《おとむら》さんと呼んでいた。音村さんが教えるのは国語だった。当時、僕はわりと試験の成績が良いほうだったのだが、現代国語だけがだめで、それは僕が本を読まないせいだと考えた両親が、音村さんを見つけて依頼したのだ。見つけたというのは——あまり詳しくは聞いていないのだが、「読書指南」とか「文学指南」的な求職広告を、彼女は銀行の掲示板に貼っていたらしい。

音村さんは小柄でぽちゃっとしていて、銀縁眼鏡をかけていた。正確な年齢は聞かなかったが、たぶん二十代の後半だった。お洒落《しやれ》とは無縁な地味な格好をしていて、はっきり言えば冴《さ》えなくて、十六歳の少年にとってときめく要素はなかった。おとなしい性格だったが、子供じみて意地になるようなところもあった。

音村さんは毎回、短編を一本選んできた。僕は短編集を渡され、その一編を授業の前半に読んだ。そして読み終わると、彼女と感想を話し合った。音村さんの授業はそういうものだった。その雪の日に課題だったのは、カポーティの「クリスマスの思い出」だった。実際の日付は、十二月のはじめ頃だったと思う。音村さんが来るのは毎月第二土曜日の午後二時だった。その日は朝から雪が降りはじめ、どんどん積もっていくので、今日は家庭教師は来ないのではないかと僕は期待していた。だが、音村さんはやってきた。

来たのはいいが帰れなくなるんじゃないか、と僕は考えていた。テレビをつければ、交通が麻痺《まひ》していますというニュースが続々と流れてきそうな降雪だった。下手すると今夜は音村さんをうちに泊めることになるのかもしれない。うちには余分な部屋はないから、寝かせるとすればリビングのソファだろうか。するとなぜか、翌朝、ソファの上のきちんと畳んだ布団の横で、髪を直している彼女の姿が浮かんできて、僕の中の、これまで彼女に感じたことのない何かがもぞりと動いた。

その「もぞり」が、授業の後半に影響した。つまり僕は、彼女に対してごく感じの悪い態度をとったのだ。それまでだって良い生徒というわけではなかったのだが、それなりに気を遣っていたし、彼女のおかげで読書の面白さがわかりはじめたような気もしていたのだ。だが、その日の僕は、まったくガキだった。カポーティのその短編を読み終わると、「全然ピンとこなかった」と僕は言った。

「よくある〝ちょっといい話〟って感じ。だいたい、他人のクリスマスの思い出を聞かされたって、あっそう、よかったね、としか思えないし」

「よくある話ではなかったんじゃないかしら。唯一無二のふたりのことが書いてあったと思わない?」

「そうだとしたって、べつに面白いとは思えないよ」

「こんな人たちがいるんだとか、こんな人生があるんだとか思うと、面白くない?」

「べつに知らなくてもいいかなって感じ」

「うんざりするわね、航《わたる》くんって人には」

音村さんが突然大きな声でそう言ったので僕はびっくりした。その上彼女は泣いていた。知りたいことだけ知って生きていけばいいわ、私はもう付き合いきれない。彼女は泣きながら叫んだ。

そして音村さんは、部屋を飛び出し、雪が降り積もる外へ出ていったのだった。窓から覗くと、三十センチは積もっている雪を漕ぎよろよろと、それでもたぶん彼女に可能な最速で歩き去っていく姿が見えた。僕は呆気《あっけ》にとられて、呼び止めることも思いつかなかった。結局、彼女の授業はその日で終わった。家庭教師を辞めさせてほしいという連絡が翌日、彼女から両親の元へあったからだ。両親は、僕の反抗的態度が理由だと考えたようだった（的外れというわけでもない）。世界文学全集全巻読破という、ばかげた目標に向かって僕が突然邁進《まいしん》しはじめるのは、それから約一年後のことになる。その試みは挫折したが、僕が本を読むようになったのは、音村さんのおかげかもしれない。

「行ってみたい？」

不意に亜弓が言った。

「え？」

「牧場」

「なんだよ、急に」

「急にって……航が言い出したんじゃない」

それはそうだ。だが、その提案を流したんじゃなかったのか。僕が音村さんのことを思い出している間、亜弓はずっと牧場に行くべきかどうか考えていたのだろうか。

僕はしばらく迷った。そして「僕の家庭教師だった人が、牧場にいるんだ」と言ってしまった。え？　今度は亜弓が驚いたようだった。

「なにそれ。そういうことは先に言ってよ」

「いや、べつにどうしても会いたいわけじゃないし」

「それって女性？　愛の個人授業、みたいなこと？」

「愛の個人授業」

僕らは少し笑った。以前のような、自然な笑い声が合わさったと思った。しかし本当に自然だったら、そんなふうにいちいち思わないかもしれない。

僕は「もぞり」のところだけ省いて、音村さんのプロフィールや、最後の日のこと、それにハガキのことを話した。話しながら、音村さんのことを誰かに話したのはこれがはじめてだと気がついた。そして、「もぞり」を省いただけなのに、話していると音村さんのことは僕の中に眠っていた記憶から、ずるずるとずれていくような感じがした。

「やっぱり、愛の個人授業って感じだね」

聞き終わった亜弓はそういう感想を述べた。牧場へは行くことになった。


高速を降りると、検索しておいた蕎麦屋《そば》で旨《うま》い蕎麦を食べた。その店の裏手の河岸が、見事な白樺林《しらかばばやし》だったので、しばらくそこを散歩した。

木の幹の白さと黄色く色づいた葉と、濃い青の空とのコントラストが美しかった。僕が写真を撮っているうちに、亜弓は先に行ってしまった。

薄く綿が入ったオレンジ色の木綿のコート、黒いブーツ、黒いベレー帽。まるでこの風景に合わせたような後ろ姿。亜弓はとてもお洒落だ。スマートフォンを向けるのと同時に、振り返った。

「ごめん。撮っていい?」

「聞かないで撮って」

亜弓はそう言うと再び背中を向けた。今のは笑顔だろうか、と僕は考える。それとも苛立った顔だったろうか。一瞬だったからわからない。わからないのは、僕らの中がもうダメだからだろうか。それとも、わからなくなったから、ダメになったのだろうか。亜弓の足取りは早くでもゆっくりでもなく、僕が追いつくのを待っているようにも、一緒に歩きたくないようにも思えた。僕は結局そのままの距離を保って歩いた。亜弓が振り返ると、景色の写真を撮っているふりをした。

ホテルに着くと部屋の準備はもうできていて、入ることができた。紅葉した森と木々の向こうの山が見渡せる、気持ちのいい部屋だった。木彫りの凝った細工をしたヘッドボードの、重厚なベッドが置かれている。ここのオーナーがアンティークのベッドを収集しているらしいよ、と亜弓が言った。

「オーナーって、男性?」

と僕は聞いた。さあ、と亜弓は言った。

「写真とか見てないの」

「見てないよ。ふつう見ないよ。ていうかオーナーの写真って、どこかにアップされてるのがふつうなの?」

「いや、だから、アンティークのベッドがどうちゃらっていう情報は出てるわけだからさ。そこにオーナーの写真もあるかなって」

「あったかも。でも覚えてない」

なぜかいやな雰囲気になった。そのとき僕らはベッドの左右にそれぞれ腰掛けていた。

僕はじりじり動いて、亜弓の腰に手を回した。亜弓が寄りかかってきたので、そのままベッドに倒れこんだ。そしてひっそり――着いた早々そんなことをやってるやつら、とホテルスタッフに思われないように――セックスした。終わると、まあまあいいセックスだったと思った。しかし「いいセックス」の定義が今ははっきりしなかった。少なくとも亜弓は息を切らせて、僕の腕枕に頭をのせている。

「よかった？」

と聞くと、

「オヤジ？」

と返された。頭にきたので僕は起き上がってさっさと服を着た。いつからかセックスしたあと、先に服を着たほうが勝ちだみたいな気分になるようになっていたが、そんな気分にならなかった最後の一回もあったわけだ、それは何年何月何日だったのだろう、と僕は埒《らち》もないことを考えた。

こうなると、そのあと行くべきところがあるというのはありがたかった。僕らは部屋を出て、牧場へ向かって出発した。車で五分も走ると道に沿って牧草地が見えてきた。黒い牛たちが黒い石みたいにぽつぽつといる。

この牧場は一部がレジャー施設として開放されていた。その入り口から僕らは中に入った。売店、羊や山羊《やぎ》がいる「ふれ合いコーナー」、「乗馬体験コーナー」などがあった。閑散としていて、客はもちろん、従業員すら歩いていない。売店を覗いてみると老女が店番をしていた。いらっしゃいませとも言わず、胡散臭《うさんくさ》そうに僕らを見た。

「あの、ちょっとお尋ねしたいんですが。こちらに音村澄江《すみえ》さんはいらっしゃいますか」

僕が聞くと、老女の表情はいっそう硬いものになった。あんたがたはどちら様ですか。昼ではないべつの場所から出てくるような声で聞いた。

「昔の知り合いというか――彼女は僕の家庭教師だったんです。数年前にハガキをもらって――この牧場にいることを知って。旅行で近くまで来たので、懐かしくなって寄ってみたんです」

「澄江はもうおりません」

老女は早口でひと息に言った。厚ぼったいベージュのカーディガンの上に鮮やかな緑色のエプロンをつけていて、そのエプロンの胸元には白抜きで「みしゃやま牧場」という文字がある。

「いない？」

「出ていきました」

「彼女は、ここで働いていたんですか」

「うちの息子の嫁でした」

僕は頷いた。そして「ありがとうございました」と老女に言った。「嫁」だった音村さんが「出ていった」ということは、おそらく離婚したということだろう。いずれにしてもそれ以上は聞けない雰囲気を老女は発散していた。亜弓がラックからミルク飴《あめ》を取って

「これ、いただきます」と差し出すと、老女は「えっ」と包丁でも突きつけられたように身を引いた。

店を出て、その飴を舐《な》めながら僕らは歩いた。亜弓は、僕を慰める言葉を考えているふうに見えた。それとも、慰めるべきかどうかを考えているのかもしれない。

「まあ、そういうこともあるよな」

「馬に乗ろうかな」

ふたりの声がかぶった。

「え、馬？」

「うん、馬。せっかく牧場に来たんだもの。馬に乗ってみたい」

それで僕らは「乗馬体験コーナー」へ向かったが、そこには誰もいなかった。安っぽい作り物の花で飾られたアーチをくぐった先に小さな厩舎《きゅうしゃ》と囲いがあって、囲いの中に白馬が一頭繋がれていた。僕らはしばらくその馬を眺めた。馬に乗らなくてすんで、実際のところ亜弓もほっとしているのではないかと僕は思った。

「全員やる気がないね」

亜弓が言った。「全員」とはどの範囲を指しているのだろう、と僕が考えていると、緑色のツナギ姿の男がこちらへ向かって駆けてくるのが見えた。

「おーいっ、おーいっ」

男は網を投げるように大きな声を出した。

「澄江を訪ねてきたというのは、あんたがたか」

そうです、と僕は頷いた。男のぎらぎらした目に、早々に腰が引けていた。近づくとさほど身長があるわけではないとわかるのに、妙に巨体の印象がある男だった。耳が隠れるほどの髪はぼさぼさで、荒々しいもみあげが剃《そ》り残《のこ》した鬚《ひげ》と繋がっている。

「澄江からハガキが来たって聞いたけど、本当か？　それはいつだ？」

「五、六年前です」

「五年前？　六年前？　はっきりしてくれ」

「ええと……」

男の剣幕に気圧《けお》されながら、僕は考えた。たぶんこの男が音村さんの夫だったのだろう。もしかして僕と妻の間に何かあったと疑っているのだろうか。

「六年前ですね」

「六年前の、何月だ」

「夏か秋だったと思います。萩《はぎ》の絵のハガキだった」

「秋。澄江はそのあといなくなったんだ。あんたにハガキを出したあと出ていったんだ。文面は」

僕は覚えている通りに男に教えた。

「返事は書いたのか」

「いえ……」

「なんで書かなかったんだ、書いてくれればよかったのに。書くべきだったのに」

僕は黙っていた。この時点でなんとなく、男や老女の口から出る「出ていった」とか「いなくなった」という言葉の意味について考えはじめていた。男が言う通り、返事を書けばよかったと思ったが、もうどうすることもできない。

「馬に乗ってもいいですか」

立ち去ろうとする男に向かって、亜弓が言った。僕はびっくりした――このタイミングでそれを言うというのは、これまでの彼女なら決してなかったことだったからだ。男は何か言おうとしたが、それをやめた顔で頷いた。そして囲いの中に入り、馬に鞍《くら》をつけた。たぶん乗馬の経験はないはずだが、運動神経がいい亜弓は、男の手を借りて軽々と馬に跨った。

亜弓を乗せた馬は男に引かれて囲いから出てきた。が、なぜかそこで止まった。スミエ。男は馬の首を軽く叩いて、そう言った。亜弓と僕はさっと目を見交わした。

馬は歩きはじめた。僕は従者のように、馬の横をついていった。馬上の亜弓を見上げるのは妙な感じだった。亜弓は実際、偉い人みたいに、目を開けているのに何も見ていないみたいな表情で、まっすぐ前を向き、馬の歩みに合わせて体を揺らしていた。この女は誰だろう、という気分が、霧みたいに僕を包んだ。自分と彼女が今、一緒にここにいる理由がわからなくなった。関係がうまくいっていないからというより、もっと単純な、一本道を歩いていたはずなのに道に迷ったような不思議さだった。

僕らは厩舎をぐるりとまわり、その向こうの牧草地へと進んだ。馬の足取りは重くときどき止まりそうになり、そのたびに男は馬の首を叩いて、スミエ、と呼んだ。僕と亜弓はもういちいち目を合わせなかったが、そのたびに僕同様に亜弓の心も振動していることはわかった。だから男は、馬を歩かせるためではなくて僕らのためにその名前を呼んでいるかのようだった。

その晩、ホテルの庭が見えるダイニングで、僕らは夕食をとった。

広々としたダイニングで、宿泊客でなくてもレストランとして利用できるようだったが、テーブルは僕らのほかにふたつみっつしか埋まっていなかった。庭の紅葉がライトアップされていた。ああいうのって無粋よね、べつに夜まで景色が見えなくてもいいと思わない？　と亜弓は文句を言った。でも料理はどれも旨かった。ふたりともいける口だが、いつもよりも慎重に飲んだ。少なくとも僕はそのつもりだった――が、気がつくと、ふたりともいつもより酔っぱらっていた。

会話はそれなりに弾んだが、肝心なことの周りをぐるぐる回るような会話だった。料理とワインのグラスと、テーブルごとに置かれた太いロウソクのほかに、「肝心なこと」が黒いゴツゴツした岩みたいに――あるいは、昼間見た牧場の牛みたいに――ごろっとテーブルに載っているような感じがあった。

「本当に何もなかったの？　スミエとは」

亜弓がそう言ったのは、シャンパンのハーフボトルと白ワインのフルボトルを空け、赤ワインを飲んでいるときだった。

「なかった、なかった、なかった」

と僕は言った。ふーん、という亜弓の返事で、この件にはとくに関心があるわけじゃないんだろうなと思った。

「もしも航が出ていったら……」

と亜弓は言った。

「出ていったら」

と僕はその言葉を繰り返した。

「私も何かに、〝ワタル〟っていう名前をつけようかな」

「何かってなんだよ」

「だって、馬を飼ってるわけじゃないし。動物、何も飼ってないし。モノしかないじゃない。このアイフォンをワタルって呼ぼうかな。それか財布」

「財布かよ」

「どっちも結構大事なものだよ」

「そうか」

「航は？　もしも私が出ていったら、何かに私の名前をつけてくれる？」

僕は少し考えた。

「スニーカーかな。ナイキの」

「靴なのね。踏むわけね」

「じゃあパンツ。特定のパンツじゃなくて、パンツ全般。あ、ズボンじゃなくて下着のパンツね。ある意味いちばん大事なものだろ」

「私の名前を呼びながら、いちもつをしまうわけね」

「変態みたいだな。っていうか、出ていってほしくない」

亜弓が僕の表情を窺った。僕は目を逸らした。僕らの口から出る言葉はどれも、緩んだギターの弦みたいにふるえて本来の意味が取りにくかった。この頃はいつもそうだったが、今夜はとりわけそうだった。そういう意味で言ったんじゃないんだ、と僕は度々思ったが、では実際のところ自分がどんな意味で言ったのかはわからなかった。

デザートが運ばれてきた。ヨーグルトのシャーベットに飴細工の木の葉と、食用ホオズキが添えられている。亜弓は飴細工を手でつまんでパリパリと噛《か》んだ。

「死んでほしくはないってことだよね、今のは」

亜弓は言った。それ以外の意味もあったかもしれないが、僕は頷いた。

「スミエは死んだんだよね」

亜弓は言った。

「事故とか病気とかじゃなくて……出ていったんだよね」

「やっぱり、そうかな」

「そう思う」

「スミエか」

「スミエ」

「スミエ」

僕らは意味もなくその名前を繰り返した。それだけが正しい音みたいに響いた。


デザートのあとに頼んだエスプレッソを僕らが飲み終えた頃、ウェイターがやってきて、建物内にバーがあることを教えてくれた。ホテルのホームページにも、ホテル入り口にもそのバーのことは掲示してあるのに、わざわざ教えにきたのはなぜだろう、とまた僕は思わず裏を考えてしまった。ともかくそれで、僕らはバーへ行くことにした。

バーは地下にあった。壁に穿《うが》たれた展示スペースに民芸の陶器がディスプレイされている階段を降り、客室のベッドと同様にヨーロッパから船で運んできたのかもしれない古めかしくて重いドアを開けると、カウンターとボックス席三つの、薄暗い空間が広がっていた。

低い——低すぎるんじゃないか、と思えるほどの音量で、音楽がかかっていた。インストゥルメンタルだったが「ある愛の詩」だった。客は僕らしかいなかった。ほかにはバーテンダーひとり。この状況でボックス席に収まるのは感じが悪い気がしたので、僕らはカウンターの、中央から少し左寄りのスツールに座った。ご宿泊の方ですか？　と銀縁眼鏡の、ハンサムなバーテンダーが聞いた。僕はボウモアのロックを、亜弓はワイルドターキーのソーダ割りを頼んだ。結局、僕らが座っているところがカウンターの中心になり、左に寄った意味はなくなったが、バーテンダーの存在は今の僕らにとっては正直なところ助けになった。僕らは、うまくいっている恋人同士みたいにふるまうことができた。

牧場の話を亜弓がしている。今日はどちらへ行かれましたか、とバーテンダーが聞いたからだ。牧場って、子供の頃に行ったきりだったから、と言っている。それが僕らが牧場へ行った理由だ。

「どちらですか?」

「え?」

「牧場。子供の頃に行かれたというのは……」

「ああ。えーと……やっぱり長野だったわ、軽井沢《かるいざわ》のほう」

「それじゃ……」

牧場の名前をバーテンダーが言う。覚えてないと亜弓は言う。赤い大きなゲートがありませんでしたか? バーテンダーは言う。赤いゲート。何がおかしいのか亜弓はクスクス笑う。

馬に乗ったのよと亜弓は言う。それが子供のときではなく、今日のことだとわかって、バーテンダーは大げさにびっくりしてみせる。おふたりとも? と僕に聞く(たぶん、僕がほとんど会話に参加していなかったことを気にしているのだ)。いや彼女だけ、と僕は答える。馬の名前はスミエっていうんだ。これは、心の中で言う。たぶん今、亜弓も同じことを声に出さずバーテンダーに教えているだろうと思う。死んだ女性の名前なのよ、と。突然、僕は、亜弓と別れなくても大丈夫なんじゃないか、と思う。でも同時に、亜弓と別れても大丈夫なんじゃないか、という思いが浮かんできて、ふたつの感触はほとんど同じだ。

そのときドアが開き、僕は振り返った。カーキ色のマウンテンパーカにネルシャツ、カーゴパンツという姿の男が、僕を見て「いた」と言った。それで彼が牧場の男であることに気づいた。

いらっしゃいませ、と言ったバーテンダーが問いかけるように僕を見た。こんばんは、と亜弓が言ったから、僕もそれに倣《なら》った。男は当然のように僕の横のスツールに座った。

「ここに泊まってると思ったんだ、ペンションに泊まる感じじゃないからな」

男は僕らに向かって言い、同じ投げ捨てるような口調で、「ビール」とバーテンダーに言った。

「澄江のこと、なんでもいいから話してくれないか」

男の口調は少々ろれつが怪しかった。このバーへ来る前にどこかで飲んできたのだろう。あるいは、どこかで飲んでいるうちに、僕らを探す気分になってきたのかもしれない。

「本の話ばかりしてました——まあ、本について教えるために僕のところに来てたんだけど。ほかの話、雑談みたいなことはほとんどしなかった。そういえば出身地とか、あのとき彼女が住んでた場所とかも僕は知らなかったな」

そんなふうに僕は話しはじめた。でも、僕ももうかなり酔いが回っていて、ぼんやり痺《しび》れた頭で思い出せることは少なかった。どんな本を読んだんだ、と男は聞いた。サリンジャーの「テディ」、ヘミングウェイの「雨の中の猫」、アーウィン・ショーの「80ヤード独走」――思い出せるタイトルを僕は挙げた。男はそれらの本を読んだことはもちろん、タイトルを聞いたり見たりしたこともないようだった。ひと通り聞いてから、もう一度頼むと言って、バーテンダーからボールペンを借り、それらのタイトルをコースターの裏に書き留めた。そのうち、カポーティの「クリスマスの思い出」のときの話になった。

今回は僕は「もぞり」のところから話した。若い頃の音村さんはそんなふうに少年を「もぞり」とさせることもあったのだと、男に知らせるのが適切かどうかわからなかったが、酔っていたのと、男に話すことがこのままではあまりにも少ないような気がしたからだ。そして今度こそ僕は最初から包み隠さず話したつもりだったが、やっぱり話しているうちに、それは記憶とはべつの出来事になっていくようだった。

「やっぱり〝愛の個人授業〟だったんじゃない」

と亜弓が言った。僕は今更男の感情が心配になったが、彼はコースターの上に目を落としたままだった――と思ったら、男は泣いていた。

「澄江が好きだった曲だ」

今、店内に流れているのは「ムーン・リバー」だった。男はスツールを降りて、亜弓のほうへ近づいた。

「踊ってくれ」

亜弓はちらっと僕を見てからスツールを降りた。ふたりは向かい合って手を取り合い、よちよちしながらボックス席との境目の少し広い場所へ出ていった。

男にダンスの経験がないことはあきらかだった。亜弓にしてもそうだろうと思えたが、乗馬のときと同じように、彼女は上手に動いた。ふたりは、ダンスに見えるものを踊りはじめた。

今日、部屋へ戻ったら――あるいは、ふたりがダンスを終えて、ここへ戻ってきたら――と僕は考えた。結婚しよう、と亜弓に言ってみようか。その考えはふたりのダンスみたいに不安定なものだった。彼らがもう一度くるりと回ったら、逆の考えが浮かんでくるかもしれない。だから僕はその考えの端をぎゅっと摑んだ。

バーテンダーが音楽の音量を少しだけ大きくした。

ケータリング

朝起きると真由《まゆ》がいなくなっていた。

同じ部屋で寝ているのに、まったく気がつかなかった。いや――そういえば未明に、何かごそごそしている気配があった。眠れなくて台所で何か飲んだりしているのだろう、と半分眠った頭で康《こう》は考えていた。へたに見に行ってまた絡まれると面倒だから、放っておくことにしたのだった。あれが、出ていく音だったのだろう。買ってやったばかりのアルトに乗って出ていった。あの車で宥《なだ》めたつもりだったのだが、逆効果になってしまった。

置き手紙の類はなく、康にわかる範囲では、家から持ち出したものもなさそうだった。いつも持っているトートバッグに、財布とスマートフォンと下着一、二枚くらい入れただけだろう。康は、あまり心配しなかった。怒りのほうが大きかった。行き先はわかっている。西荻窪《にしおぎくぼ》の実家しかないだろう。ただ俺を慌てさせ、自分の不満を俺に思い知らせるためにこういうことをしているのだ。しばらくは電話するのはやめておこうと思う。つけあがらせるだけだし、どうせあいつもしばらくは応答しないだろう。

身支度をして、ひとりぶんのコーヒーを丁寧に淹れ、チーズトーストを作ってゆっくり食べた――いつもの朝と同じか、なんなら真由がいないことで、いつもの朝よりずっと落ち着いている、と自分に言い聞かせながら。それから今日の仕込みに取りかかった。真由はさほど戦力にはならなかったとは言え、いつもふたりでやっていた作業をひとりで全部やらなくてはならなくて、このときはあらためて腹が立ってきた。俺だけじゃない、客のことも放り出しているということがわからないのか。商売人の妻としての自覚がなさすぎる。

どうにか午前十一時半の開店に間に合わせた。八ヶ岳《やつがたけ》の南麓《なんろく》の小さな町で、「ごはん屋ひさうち」という小さな定食屋を康は営んでいる。老舗料亭での修業時代を経て、東京の三鷹《みたか》で自分の店を開いたのが二十五歳のときで、その六年後、真由との結婚を機に長野に移住してきた。それから二年になる。

各駅停車が一時間に二本くらいしか停まらない寂れた町だが、店舗付き中古住宅の価格はそのぶん破格に安くて、毎月のローンは東京で払っていた家賃よりもずっと少ない。別荘族や観光客向けではない、地元の人のための普段使いの定食屋というコンセプトは大成功しているとまでは言えないが、ぎりぎりやっていけるだけの客足はあり、固定客もついている。

この日はランチタイムの終わり頃に、美作《みまさか》徹《とおる》と路子《みちこ》の夫婦がやってきた。店から車で二十分ほどの距離にある別荘地内で、鍼灸院《しんきゅう》をやっている人たちだ。やはり移住組だが、こちらへ来たのはもう三十年近く前だとかで、ふたりともたぶん六十歳を超えている。

「今日は康君ひとりなの？　真由ちゃんは？」

ふたりぶんの「本日の焼き魚定食」——鯖《さば》の一夜干しに小鉢はコゴミのくるみ和《あ》え——を康が運んでいくと、路子さんが聞いた。耳の下までのボブの髪は染めておらず灰色で、以前、グレイヘアかっこいいっすねと褒めたら、こういう髪はお洒落してないとみすぼらしく見えちゃうから、大変なのよと言っていた。実際、こんな田舎にはめずらしく夫婦ともにいつ見ても小洒落た格好をしている。

「ちょっと東京に帰ってるんですよ」

康はそう答えた。真由が実家にいるとするなら嘘ではない。

「ひとりだと大変じゃない？」

「まあ、そんなに忙しくもないっすから」

「いつまで？」

そう聞いたのは徹さんで、康は思わず「え？」と聞き返した。

「いや……ちょっと相談があってさ。ケータリングをお願いできないかなと思ってるんだよね」

徹さんは、こちらはすでにきれいに真っ白になっている短髪をがりがり掻きながら、そう言った。

八ヶ岳に向かってジムニーを走らせる。冬季は道が凍るから四駆が必須だと言われ、移住の際に中古で買った車だ。

道の両脇は見渡すかぎり田んぼが広がっている。今は五月の終わりで、すでに田植えが始まっている。水面に雲が映っている。

この風景の美しさにやられて移住を決めた。ある年のお盆休みに、ペンションを予約できたというだけの理由で、はじめてこの地を訪れたのだった。最初は冗談みたいに口にしていた移住プランが次第に現実味を帯びてきて、物件探しや周辺リサーチに熱中する日々がやってきた。より積極的だったのはむしろ真由のほうだった。ああいう場所を知っちゃうと東京は狭苦しくて住めないよ、とよく言っていた。子供はああいうところで育てたい、とも。当時借りていた三鷹の店舗の奥に申し訳程度についている居住スペースは、ふたりで暮らすには狭すぎて、結婚したら新居だけでも探さなければならなかったから、それならいっそ店ごと長野に移転してしまおうと心を決めた。同じ商店街の中にあったビストロで、ささやかな結婚披露パーティを開いたが、それは同時に、生まれ育った東京を離れて縁もゆかりもない土地へ行くふたりの送別会も兼ねていた。

車は移住のきっかけとなったペンションがあるペンション村に差しかかり、その辺りから別荘も増えてくる。向かっているのは鍼灸院「Owl」だった。ケータリングを引き受けたのだ。真由が出ていってから四日が経ち、まだ戻って来ていないどころか電話も通じない――結局、康のほうから二度かけてみた――のだが、だからといって商売のチャンスをみすみす逃すわけにもいかない。

美作夫妻は、長野で店を開いて以来の常連客だった。ぽつぽつ言葉を交わすようになり、鍼灸師だということを知ってから、真由も康もたまに「Owl」に行くようになったので、そのぶん、ほかの常連客たちよりも繫がりがある。今日は移住三十周年パーティが、彼らの家で開かれることになっている。

パーティは五時開始と言われていたので、その約一時間前に「Owl」に着いた。L字型の建物の長い辺のほうが夫妻の住居部分で、そちらから中に入るのははじめてだった。赤い花柄のターバンを髪に巻き、しゃらりとした黒いドレスを身につけた路子さんが出迎えてくれた。黒いシャツに年季の入ったデニムという姿でキメた徹さんはリビングから片手を上げた。「ごめんねえ、急なお願いで」と路子さんは言ったが、今日は「真由ちゃんは？」とは聞かず、それが逆に気詰まりだった。「東京の実家が居心地よすぎるみたいなんですよ」という答えを用意していたのだ。

この家はセルフビルドだと聞いていた。夫婦と友人数人で建てたのだと。その当時はふたりともまだ三十代だったはずだからそれだけの体力気力があったのだろう。セルフビルドだと言われればなるほどそうかと思う程度の、手作り感がうるさくない、感じのいい家だが、施術室のほうに比べると住居部分は経年劣化が激しかった。掃除は行き届いているのに、床や壁が古び過ぎているせいで全体的に薄汚れた感じがする。パーティのための特別な装飾は見当たらず、ただ大きめのダイニングテーブルの周りに詰め込まれた椅子が不揃いで、今日の日のためにどこからか何脚か持ってきたのだろう、と思えるだけだ。

「かっこいい家ですね」

路子さんがこちらの反応を窺っているようなので、康はそう言った。「グレイヘアかっこいいっすね」と言ったときもこんな気分だったなとちょっと思った。「かっこよかったんだけどね」と路子さんは康の心を見透かしたように受けて、キッチンへと案内した。今ふうのカウンターではなく大きな食器棚で仕切られていて、独立した場所になっている。盛りつける皿はもう調理台の上に用意されていて、路子さんは必要な説明をすると、何かあったら呼んでちょうだいと言って出ていった。ひとりになれて、正直なところほっとした。

ケータリングするのははじめてだった。三鷹時代に、友人に頼まれて何品か作って運んだことはあったが、あれはボランティアみたいなもので、材料費だけしかもらわないぶん、気は楽だった。今回は相応というよりもらいすぎぐらいの額を提示されていて、店の夜営業は臨時休業にしてきた。招待したのは同じ別荘地内の夫婦がふた組だそうで、総勢六人のパーティだ。三十周年記念にしては客が少ないようにも思えるが、田舎はそんなものなのかもしれないし、大げさにやりたくないと美作夫婦は考えているのかもしれない。いずれにしても、成功させて次に繋げたいと思っている。店舗での営業を補うような道をつけておけば、たとえば子供が生まれたときにも助かるだろう。

だし巻き玉子、野菜の揚げ浸し、鰆《さわら》の味噌漬け、牛たたきなど作ってきたものを皿に盛りつけ、タラの芽を仕込んだ春巻きと湯葉で包んだ海老《えび》しんじょを揚げ終わったところで、客たちも揃った気配があった。皿を運んで行くと、拍手で迎えられてしまった。客の夫婦はどちらも美作夫妻と同じくらいの年回りで、そのせいなのか家の中はいっそうくすんだ印象になっていた。別荘地の住人なのだろうが、四人とも見たことがない顔だから、康の店に訪れたことはないのだろう。「旨いよ、彼の料理は」と徹さんが言うと、四人の客は頷いたり微笑んだりしたが、食べることにはあまり興味がないのだろう、ということが直感的にわかった。それを言うなら美作夫妻にしても同じ印象――常連客ではあっても、これまで料理の感想は口にしたことがなく、いつも決まって「本日の焼き魚定食」を注文し、味わうというより機械的に口に運んでいる――ではあるのだが。自宅に人を呼びたいが自分たちで料理するのは面倒なので、頼みやすい康に頼んでみたのだろうと考えていた。

「どうぞ、お楽しみください」

康は儀礼的にそう言って、そそくさとキッチンへ引っ込んだ。康さんも一緒にどうぞと誘われることを恐れていたが、すんなり立ち去ることができた。そうだよな、共通の話題もないし、年齢的にも浮くだろうしな。そう考えながら後片付けをしていると、乾杯の音頭が聞こえてきて、パーティがはじまったようだった。洗いものの水音に匿《かくま》われるような気分になりながら、同時になんとなく耳をすましていたが、談笑の声までは届かなかった。そもそも談笑していないのかもしれない。六人の老人が薄ぼんやりと微笑みながら、康が作った料理を見下ろしている様が浮かんできて、気持ちが滅入《めい》ってきた。いや違う、気持ちはそれがなくても滅入っていたのだ。四日間音沙汰なしというのはひどすぎる。いつまで臍《へそ》を曲げていれば気がすむんだ。真由は何を考えているんだ。

洗ったタッパー類をバッグに詰めて肩から下げたとき、徹さんがぬっと入ってきた。あ、どうも。片付きましたので失礼します。歩き出そうとしたが、行く手を塞ぐように立っている。

「奥さんは？」

徹さんからその質問が出た。路子さんは康の妻を「真由ちゃん」と呼ぶが、この人は「奥さん」と呼ぶ。

とっさに、用意していた答えが出てこなかった。それで康はなぜか正直に「出ていっちゃったんですよ」と言ってしまった。

「出ていった？　逃げられたのか？」

「いやいや、逃げられたとかじゃなくて。ただちょっと、ケンカしたっていうか」

「どこにいるんだ、今？」

「東京の実家ですよ、たぶん」

「たぶん？」

「実家ですよ、実家にいます」

なんで俺はこの人から詰められてるんだと思いながら康は言った。こういう口の利きかたをする人だったたか。そもそも一対一で会話するのははじめてだ。徹さんは少し酔ってもいるようだった。若い頃はハンサムだったんだろうなと思えるたるんだ顔の両頬が、うっすら赤くなっていて、体も左右に揺れている。

「迎えに行くのか？」

「いや……仕事があるし。そのうち帰ってくるだろうし」

「帰ってこなかったら？」

「やめてくださいよ」

康は笑ってみた。徹さんは笑わない。目を丸くして、紐にじゃれつくときの猫みたいな真剣な顔で康を見ている。

「もし帰ってこなかったら、あんた、うちの養子になればいい」

「またまた」

あらためて康は笑った。そのタイミングでリビングで笑い声が上がった——今日、康がはじめて聞く笑い声だった。すると今度は徹さんもニヤリと笑って、さっさとキッチンを出ていった。


真由は、三鷹の店に来た客だった。

男とふたりで来て、途中から泣き出して、そのあと男が席を蹴って店を出ていってしまい、ひとり残されていっそう泣いていたのを慰めたのが、交際のきっかけだった。

真由は康の六歳下で、出会ったときは二十三歳だったが、容姿も頭の中身も、実年齢よりずっと幼い感じがした。そんなところが当初はかわいくてしかたがなくて、一生俺が守ってやりたいと思ったのだった。

いや――もちろん今だってかわいいし、守ってやりたいと思っている。だがこちらに移住してきて以降、子供の世話をするかのごとく妻を気遣う余裕はなくなった。店を軌道に乗せるには、経営努力だけでなく地域との付き合いが重要だということがわかってきたが、そのどちらにも真由はほとんど役に立たなくて、それどころか足を引っ張る存在になっている。町内会の集まりから近所の人との立ち話まで、「大人の対応」というものがまったくできない女なので、言われたことのいちいちに過剰に反応し怒ったり泣いたりする。付き合っていると時間がいくらあっても足りない。それで、何度か揉めた。康くんはこっちに来てから全然やさしくない、私のことちっとも考えてくれない、と言われたが、康に言わせればそれはこっちの科白だということになる。といって、出ていく直近に大ゲンカしたというわけでもなかった。ただ、度々の言い合いが解決されないまま日常になっていて、以前のように夜抱き合えば元通り、というふうにもならず、というか夜の営みを拒否されるようになって一ヶ月が経とうとする頃だった。

ケータリングへ行った翌日の朝、配達された郵便物の中に、真由からの封書があった。何かころっとしたもので封筒が膨らんでいて、いやな予感とともに開けてみると、ティッシュペーパーにくるまれて結婚指輪が入っていた。揃いの指輪を、康はもちろん左手の薬指にはめていて、真由が出ていってからも外すことなど考えてもみなかった。それが虫の死骸みたいにティッシュで包まれ封筒に突っ込まれ、手紙も、メモすら添えられていない。普通郵便で送られてきたのは、紛失したってべつにかまわないということか。

康はカッとなった。こういう嫌がらせをする知恵はあるわけか。話し合いを拒否しておきながら、脅しだけかけてくるわけか。俺が貯金をはたいて買った指輪を利用して。

真由のスマートフォンに電話をすると、いつものように呼び出し音が続いた後に留守番電話に接続した。着信拒否にはしていないわけだ。ほらほら、慌てて電話してきたとほくそ笑みながら、俺がどんなメッセージを吹き込むのか待ち構えているのかもしれない。

「指輪届いたよ」

留守番電話に向かって、康はまずそう言った。言ってやりたいこと、怒鳴りつけてやりたいことが喉元までみっしり詰まっていたが、その中からいくつかの言葉を選んだ。

「いいかげんにしてくれよ。いいかげん……うんざりする、こういうの。これ以上電話を無視するなら、俺も考えがあるから」

切った。自分の言葉に自分で傷つき、ひどく消耗しながら、真由が電話してくるのを待った。これまで留守番電話には、「心配してる」とか「さびしいよ」とか、甘い言葉を吹き込んでいたから、今のこれを聞いたら、さすがに反省してすぐにも電話してくるだろう。それをほとんど確信していたのに、電話はいつまでたっても鳴らなかった。

康はとうとう、真由の実家に電話をかけた。真由が帰ってきているのだから、何かあったことは真由の親たちもわかっているだろうが、そのことについて彼らと話したくないという気持ちがあって、これまでずっと実家の固定電話の番号のことは考えないようにしていた。だが仕方がない。とにかく真由と話さなければどうにもならない。

こちらはすぐに繋がった。真由によく似た、やっぱり老けた子供みたいな印象がある義母の「あら、康くん、お久しぶり」という呑気《のんき》な応答を聞いた瞬間に、今朝、真由からの封書を目にしたとき以上の悪い予感が膨れ上がった。

「どうしてる？　真由は元気？」

と義母は続けたのだった。真由は実家に帰っていなかった。


家出じゃないのか。

事故か。あるいは誘拐とか。封筒の宛名と差出人の筆跡は真由のものだった。脅され書かされたとか。おまえの妻は俺が預かっている。その証拠がこの指輪だ。そういう意味だったとか。

いや、もしも誘拐なら、あの未明、犯人が家に押し込んで真由を拉致して連れていったということになる。ありえない。誘拐であるはずはない。じゃあ事故か。いや、事故なら指輪は送られてこないだろう。するとやっぱり家出ということになる。だが、実家にはいなかった（いないとわかって、義母には「友だちに会いに東京に行っているんですが、そっちに寄ったんじゃないかと思って」と言い訳した。「ちょっと用があるんですけど、スマホの電源が切れてるみたいで」と。「来たら連絡させるわね」と義母は言った。義母が嘘をついているとは思えない。つまり、居留守を使っているわけではなく、真由は本当に実家にはいないということだ)。じゃあ、どこにいるんだ？　ホテルに連泊するような女じゃない。そもそも、ひとりでホテルに連泊できるような金は持っていないはずだ。

ぐるぐると考えながら、康は線香の匂いと読経の中にいた。昼間に回覧板が回ってきて、同じ町内の老人の逝去を知らされたので、通夜に参列している。ずっと施設に入っていたそうで顔も見たことがないが、その息子夫婦とは町内会で月に数回顔を合わせる関係で、彼らが山で採った山菜やキノコを季節ごとにもらったりもしているので、知らん顔はできない。

広大な田んぼの縁に建つ二棟連なった日本家屋の、古いほうで通夜は執り行われている。十畳二間ぶんの座敷を埋め尽くす参列者の中には顔見知りが少なからずいるが、といって、親しく付き合っていると言える相手はひとりもいない。たとえば山菜を持って来てくれる人とも親しいという気はしない。どこか義務的なところがあり、親しさとは別種の繋がりを押しつけられているように感じている。借りが嵩《かさ》んでいくようでもあり、夫婦が店に食事に来たときにはそれなりに気を遣わなければならない――もらった食材をそのときだけ使ったり、小鉢を一品サービスしたり――というのが正直なところ鬱陶《うっとう》しい。

移住して来た当初は同じ商店街の中に、同じ年頃のやはり移住者がやっているスリランカカレーの店があり、心強く思っていたのだが、彼は去年店を畳んで、東京へ戻ってしまった。経営不振であることは察せられていたのだが、そのほかにも何かあったのかなかったのか、聞き出すほどには仲良くなる時間がなかった。商店街の半分はシャッターが下りていて、ここに自分たちのような都会の若い人間が集まってきて新しい商売をはじめれば、ちょっと面白い町になるんじゃないかという話もしていたのだが、結局たち消えになり、今は康の「ひさうち」だけが「移住者の店」として異彩を放っている、というか浮いている。そう、認めるなら、これが現状だ——真由の日々の不安や不満はすべてこれに由来していた。

焼香を終えると、廊下を隔てた別室での通夜振る舞いに促された。こちらも襖《ふすま》を開け放ち二間を繋げた座敷に座卓が並べられ、弔問客たちが寿司とビールで歓談していた。端に座ると向かい側の男がビールを注いでくれた。そうする必要がある気がして、「久内《ひさうち》です」と名乗ると、「ああ、ひさうち」と男は頷き、「ひさうち」「ひさうちの……」「ああ、ひさうち……」と呟きが伝播《でんぱ》していった。男たちが順番にこちらを窺い、康はそのつど会釈したが、そのあと話しかけられることはなかった。康はあっという間に飲み干してしまったグラスに自分でビールを注いだ。

グラスを持った自分の手や、喪服に包まれた手首が、自分とは無関係な物体のように感じられた。真由はいったいどこにいるんだと、ずっと考えていたはずだが、気がつくと、俺はどこにいるんだ、という気分に捉われていた。だめな人は、どうしたってだめよ。聞き覚えのある声がざわめきを縫って礫のように耳に届き、顔を上げると、二列に並んだ座卓の向こう側の端に、路子さんが座っていた。

一瞬、目が合った気がしたが、路子さんの視線はふいと逸れた。徹さんの姿はないが、彼女がここにいるというのは意外だった。喪主の家族の誰かが「Owl」の患者であるとか、そういう繋がりだろうか。それにしても地元の弔問客たちと、すっかり馴染んでいるふうに喋っている。

「どれだけ準備したってリサーチしたって、これぱっかりはね。生まれ持ってる性質だからね、結局は」

「辛抱とか、そういうことじゃないんだよね。うちなんか、辛抱ないもん、夫婦とも。でも不思議と不安はなかったのよね」

「うん、不安がないって、大きいかもね。不安を理屈でどうにかしようと思っちゃだめなのよ。不安は不安なの。胆石みたいなものなのよ」

「胆石？　結石？　アハハ。え？　死にはしないでしょうけどね。でも痛いのよね、あれ」

「死ぬときまでは生きてるわけだから。死んだように生きてたってね」

「スリランカカレーって、あなた……」

路子さんの声だけを康の耳は拾う。あまりにも彼女の言葉だけが聞こえてくるので、現実ではなく、自分の想像であるような気さえしてくる。スリランカカレーと言ったのか、彼女は今？　とすると話のテーマは、去年撤退した男のことなのか。いや——テーマは、俺たちのことじゃないのか？

参列者の中では若いほうの――真由がいない今は、四十代前後くらいの――女たちが座卓を回り、空いている寿司桶《おけ》やグラスを下げはじめた。こういうのがいやでたまらない、と真由は言っていた。田舎社会は露骨に男尊女卑で、年功序列だ。性別的にも年齢的にも立場的にも、こうした場で最下層と位置付けられていた真由は、場合によってはオヤジ連中から酌を強要されることなどもあり、「どうして怒ってくれないの?」とよく詰《なじ》られた。怒ってやればよかったのかもしれない。実際のところ、俺の目の前で妻をホステス扱いしやがってと苦々しく思っていた。だが怒れば、そのあとの商売にも暮らしにも影響するのはあきらかだったから、黙っていた。セクハラだパワハラだと、考えはじめればどんどんそう思えてきて深刻になるが、たかが酌だと受け流せばそれですむことじゃないか、と思ったし真由にもそう言った。しかしそのことで俺たちの中には「胆石」「結石」が発生し、真由の痛みはそれこそ深刻なものになっていたのか。

ぽつぽつと人が立ち上がりはじめたので康もそうした。玄関で靴を探していると、不意に後ろから腕を摑まれた。ぎょっとして振り返ると、路子さんが立っていた。装飾のない、足首までの丈の黒いワンピースが、彼女を見知らぬ国の神官みたいに見せていた。座敷にいるときは無視していたのに、まるで康が彼女から逃げ出そうとしているところを捕まえたかのような表情をしていた。お願いがあるのよ、と路子さんは言った。

「またケータリングに来てちょうだい」

と。

通夜の間、電源を切っていたスマートフォンを起動させると、留守番電話に真由からのメッセージが入っていた。

「真由です。次の月曜日にそっちへ行きます。午後二時頃、家にいてくれますか」

子供が本を読んでいるような口調で、それだけ吹き込まれていた。何度かかけ直してみたが繋がらない。自分が言いたいことだけ伝えて、こちらの言い分や都合には耳を貸さないという態度らしい。

それでも久しぶりに妻の声が聞けた。そのことに安堵《あんど》して、二度目のケータリングを引き受けることにした。といっても、路子さんから「来てちょうだい」と言われて、ほかにどうしようもなく「はい」と答えてしまっていたのだが。今度の日曜日が、徹さんの六十五歳の誕生日なのだそうだ。夫婦ふたりぶんの祝膳を依頼された。また臨時休業することになるが、予約も入っていないし、問題ない。翌日が月曜日で、真由が帰ってくる日だ。いい感じで物事が運んでいると考えることにした。

その日曜日、午後五時過ぎに「Owl」に着いた。「適当な時間に、適当にうちのキッチンで作れるものでいいから」などと言われていたのだが、滞在時間をなるべく短くしたいという気分があったので、前回通り、「ひさうち」のキッチンであらかた作って、あとは揚げたり温めたりだけ、というラインナップにしておいた。ただ、誕生日なので鯛飯を出すことにして、こちらは尾頭付きの鯛の塩焼きまで準備しておき、ごはんは持参した土鍋で美作家で炊くことにした。ほかの料理をすべてテーブルに運び終える頃には炊き上がるだろう。

実際には、ごはん以外の準備が整った段階で、土鍋の蒸らしを待つ塩梅《あんばい》になった。テーブルに並べ終わってキッチンに戻ろうとする康に「まだ何か作るのか？」と徹さんが聞いた。鯛飯のことを説明すると、「いいよ、そんなの」と徹さんは言った。

「べつに、じーっと見てる必要ないんだろ？　それより一緒に乾杯してくれよ」

そう言われたら仕方がない。康はテーブルに着いた。夫婦が並んで座ったので、向かい合う位置になる。路子さんはトレーナーを長くしたようなベージュのワンピース、徹さんは厚地のTシャツに木綿のパンツという、先日とは打って変わって気が抜けた格好をしていた。客がいないとそうなるのか。夫婦はシャンパンを開けたが、車で来ている康にはノンアルコールのビールがグラスに注がれた。まるで用意してあったようで、三人で乾杯するのは予定のことだったのだろうかと思いながら、康はグラスを掲げた。グラスを持った夫婦の手がにゅっと突き出され、三つのグラスはカチャン、と大きな音を立ててぶつかった。しかしなぜかその瞬間、康が感じたのは、この家は妙に静かだ、ということだった。

「お誕生日おめでとうございます」

「で、考えてくれた？」

徹さんが言った。

「え？」

「養子のこと。奥さん、戻ってこないんだろう」

「いや……」

康は言葉を探した。その話はまだ終わっていなかったのか。というか、本気だったのか。残念ですが妻は明日戻って来ますよ。そう答えればいいのか。しかしなぜか口から出なかった。

「私たち本気なのよ。この家を遺《のこ》せる人がほしいわけ。リフォームも考えているのよ。まだもう少しは生きるつもりだからね。継いでくれる人がいれば、お金のかけがいもあるでしょう？」

路子さんが言った。似たようなことを彼女が言うのをつい最近聞いたなと康は思う。通夜のときか。「死ぬときまでは生きてる」だったか。

「今すぐ引っ越してこいとは言わないよ。たとえば当分は週に一回、ここでこうやって一緒に食事をするだけでもいいんだ。ゆくゆくはここに住んでもらいたいが。部屋はあるんだ、あとで見せるよ。店はここから通えばいい」

「べつに無理に店を続けなくたってね。蓄えもあるのよ、私たち」

「息子がほしかったんだ」

「ちょっと……ちょっと待ってくださいよ」

小さな声で康は言った。喉が詰まったようになり、小さな声しか出なかった。何を言っているんだ、この人たちは。こんなボロ家を餌にして、養子だと？　それはつまり、介護者を確保しておくということじゃないのか。

ふたりはさらに何か言っていた。目をギラギラさせて、順番に言い募っている。料理はまったく箸をつけられないままだ。刺身は乾き、天ぷらはすっかり冷めている。鯛飯はとっくに出来上がっているだろう。蓋を開けて混ぜないと。だが、飯が冷めてもかたくなっても、このふたりにとってはどうでもいいことなのだろう。ケータリングは罠だったのだ。

突然、徹さんが立ち上がった。反射的に腰を浮かすと、徹さんはさっとスマートフォンを構えて、康の写真を撮った。いいだろ？　と歯を見せた。

実質的に逃げ出してきた。

キッチンに戻って鯛飯を仕上げ、それをテーブルに運ぶまではしたが、そのあとはもうテーブルに着くことを固辞して、そそくさと美作家を出た。

暮れはじめた空の下、アクセルを踏み込みたくなる気持ちを抑えながら、車を走らせる。バックミラーをつい窺ってしまう。昔話に出てくる鬼とか山姥《やまんば》みたいに、あのふたりがすぐ後ろに迫っているようで。さっき写真を撮られたときのカシャリという音が、何かベタベタしたもののようにいまだに顔に貼りついている気がする。

薄闇に包まれた田んぼの向こうに、火花みたいなものが点滅している。それを見た瞬間に辺りが一段階暗くなったように感じる。あれはなんだ。花火でもやっているのか。六月に？　車の前に飛び出してくるものがあり、慌ててブレーキを踏んだ。イタチかテンだ。ちょろちょろと畝《うね》の草むらに紛れていく。轢《ひ》かずにすんだ。動悸《どうき》が激しくなり、やがて静まってきた。ははっ。康は笑ってみた。実際のところ相手は鬼でも山姥でもヤクザでもないのだ。取って食われたりしないし、拉致されたりするわけもない。何を俺はびびっているんだ。取り合わなければすむことだ。

ははっ。そうだ、これは笑い話だ。明日真由が戻って来たら、笑いながら話せばいい。真由が家出なんかするから、俺、美作さんの養子になるとこだったよ、と。そうだ、そう言って笑って迎えてやろう。

家の窓には灯りがついていた。光熱費には神経質になっているから、出るときに家中消したはずだ。まさか美作夫婦が先回りして待ちかまえているのか、と一瞬ぞっとしたが、そんなわけはない、真由だ、真由が一日早く帰ってきたのだと思い直した。

自宅側の玄関ドアを恐る恐る開けると、果たして三和土に真由の靴があった。ほっとしながら、「えっ」と思った。真由の靴の横に、見慣れぬ男物のスニーカーがある。

やっぱり誘拐だったのか。犯人が真由を連れてきたのか。とっさにそう考えた自分の馬鹿さ加減を、後になって何度も思い返すことになった。狭苦しいダイニングの小さなテーブルの椅子にふたりは座っていて、狭い空間がいっそう狭苦しくなっていた。真由。それに隣の大男は、スリランカカレーの店をやっていた木暮《こぐれ》だった。それを認識したときですら康は、木暮が何らかの偶然で真由と東京でばったり出会って、連れ戻してくれたのかもしれないなどと考えていた。

「おう。びっくりした」

だから康は朗らかに挨拶した。「真由、心配させるなよ」と付け加えた。

「早いほうがいいと思って、今日来たの」

少しだけ申し訳なさそうな顔で、真由は言った。子供がオネショの言い訳をしているみたいなかわいい顔だった。

「うん、いなくて悪い……ケータリングに行ってたんだ、美作さんとこに」

よし、養子の話だ、と康は思った。だがそのときには、事態がわかりかけていた気もする。

「康くん、あたしね、東京で木暮さんと一緒に住むから」

「え？」

「久内、ごめん。ほんと、ごめん」

木暮が頭を下げた。

「何。何の話？」

「康くん、あたし、ずっと連絡取ってたんだ、木暮さんと。それで好きになっちゃって……」

「え？」

「でも俺がこっちにいるときは何もなかったんだ、ＬＩＮＥでやりとりするようになってからなんだ、そこは信じてくれ」

木暮が言った。康は妻と友人の顔を交互に見た。ＬＩＮＥでやりとり？　何を信じてくれって？

「康くんが全然あたしの話聞いてくれないから、あたしずっと木暮さんに相談してたの。それで好きになっちゃったの。康くんとじゃ、赤ちゃんだってできないし……。あたし木暮さんと結婚したいの。だから離婚してほしいの」

また既視感だ、と康は思う。ついさっきも同じような目に遭っていた。そうだ、美作夫婦と向かい合っていたときだ。ふたりから交互に発言されて、なすすべもなく、なんだ、なんの冗談なんだと思っている。

「赤ちゃんって、それは……」

たしかに二年経ってもできなかった。でもたった二年だ。医者に相談してみようかなんて話は出なかったじゃないか。俺が話し出さなければいけなかったのか。そもそも、拒否していたじゃないか。

デニムのポケットで着信音が響いた。どこからか救いの手が届いたかのような気がして、スマートフォンを取り出してみると、メールではなくメッセージで、差出人は徹さんだった。そういえば初回にケータリングを頼まれたとき、緊急連絡用にと番号を交換していた。

本文はなかった。ただ、さっき撮られた写真が添付されていた。唇を奇妙な形に歪《ゆが》めた、泣き笑いのような自分の顔を、康は汚物のように削除した。それからあらためて顔を上げ、妻と木暮とがまるで康がいないかのように見つめ合っているのを見た。

フリップ猫

肝心なものを忘れてきたのではないかと青くなり、私は座席から立ち上がった。東京から北へ向かって約三時間――降りる駅名が、次の停車駅としてアナウンスされた直後だった。吊り棚からコートとバッグを下ろし、立ったままバッグの中をかき回した。あった。良郎《よしろう》の留守中にこっそり拵えたプレートを取り出し、ほっとしながら眺めていると、視線を感じた。通路を隔てた席の、同い年くらいの女性と目が合った。女性は慌てたように微笑して「手作り?」と聞いた。

「ええ、そうなんです」

「素敵」

本当だろうか。気持ちが悪い、いやらしいと思っているのではないだろうか。私は女性に会釈して、プレートをそそくさとバッグに戻し、デッキへ向かった。プレートは厚紙をマスキングテープでデコレートして、色マジックで「Happy 還暦! 良郎」と書いてある。

駅は大きくてきれいだったが、駅舎の外には、どうしてこんなところに新幹線が停まるのだろうと思わされる、閑散とした景色が広がっていた。どちらへ行けばいいのか皆目見当がつかず、だだっ広いロータリーを渡ると商店街らしき小路《こうじ》があり、私はそこへ入っていった。

十月終わりの木曜日。空気はつめたくて、東京よりも乾いている。私はロングカーディガンの襟元をかき合わせた。寒気が編み目を通り抜けて体を刺してくる。どこかでもう一枚羽織るものを……と思いながら歩くが、店はどこも閉まっているかとうの昔に営業をやめているふうだ。店頭に野菜をぱらぱらと並べた一軒が開いていた。中はスーパーというか、よろず屋ふうの店だった。横に長い店内の、入り口の正面に老女がいて、最初から敵意に満ちた目で私を見ていた。

私は動揺しながら、目の前にあった冷蔵ケースを開けて、ほとんど考えずに缶コーヒーをひとつ取った。それを盾のように掲げて老女の前へ行くと、老女はいきなり「マスコミの人？」と聞いた。いいえ、と私は答えたけれど、老女の表情は変わらなかった。

「あの……〝フリップ猫〟のおうちをご存知ないですか」

硬貨を渡しながら私は聞いた。はあ？　と老女は下唇を突き出した。

「〝フリップ猫〟です、インスタグラムで――インターネットで有名なんですけど。この辺りのはずなんです、おうちは農家で、白菜を作っていて……」

「白菜農家なんて、この辺りにはいくらでもありますよ」

「そうですか」

私は立ち去りたくて仕方なくなっていたが、老女がお釣りをよこさないので動くことができなかった。

「知り合い？」

「いえ、そうではないんですけど」

「知り合いでもない人に、個人情報っていうの、そういうのペラペラ喋るわけにはいかないから」

私は頷いた。どのみち、この人は〝フリップ猫〟の家を知らないのだろう。その店を出ると、私は駅前へ戻った。案内板のようなものを見れば、見当がつくのではないかと思ったからだ。でも、案内板を見る前に、その横のタクシー乗り場にいるふたり組に目が留まった。三十代に見える男と女。男は首からカメラを下げている。

タクシーが来て、ふたりを乗せて走り去った。私は次のタクシーを待った。「あの車を追って」というのがやりたかったのだが、次の車が来るまでにずいぶん時間がかかった。

「宝泉寺《ほうせんじ》？」

けれども、乗り込んだ私が何か言う前に、運転手が言った。はい、お願いしますと私は言った。たぶん間違っていないだろう。ラッキーとは思わなかった。私が行きたかったのはその寺ではなかったから。

車はロータリーをぐるりと回り、さっきの小路の反対側の大きな通りを走った。すぐに周囲は田畑になった。私は風景に目を凝らした。〝フリップ猫〟のインスタグラムにアップされる風景写真と似た景色を、見落とすまいとして。私が行きたいのは宝泉寺ではなく、〝フリップ猫〟の家なのだ。

「お客さん、雑誌とかの人？」

運転手が話しかけてきた。乗務員証の写真からすると五十がらみの牛みたいな顔の男性。訛《なま》りが強い人だ。

「いえ、そうじゃないんだけど」

私はそう答えたが、その否定は実質的に運転手の耳には届いていないようだった。

「あの料理家さんの事件があってから、マスコミの人が連日来るよ。ま、私らとしては乗車してもらってありがたいけど。ありがたいっていうのも、へんだけどねえ」

「〝フリップ猫〟のことは、ご存知ないですか」

私は「あの料理家」に関心があるわけではないのだ、ということを伝えたくて、そう聞いた。

「え？　フィリップ何？　それも、事件に関係あるの？」

「いえ……」

「遠藤《えんどう》さんの家なら案内できるよ。あの料理家夫婦の、旦那の実家。ここからだと宝泉寺へ行く前に寄ったほうが早いんだけど、行く？」

「いえ、結構です」

運転手は黙り込んだ。思ったような「ツアー」になりそうもないので、不機嫌になったのかもしれない。

「お客さん、知ってるかもしれないけどさ」

車が山道を登りはじめると、彼はまた喋り出した。

「宝泉寺の墓地は、だから旦那の家の墓なんだよね。ゆくゆくは旦那もそこに入るわけでしょ。どう思う？　あんなことがあって死んだのに、旦那と同じ墓に入れられるってさ。誰も反対する人いなかったのかね。子供はいなかったらしいけど、親とか、どう思ってるんだろね。遺骨はこっちに引き取りますとか、ふつうはそうなるんじゃないのって、私ら、よく話してるんですよ。自分のせいで死んだわけじゃないっていうのが、旦那の理屈だろうけどね」

運転手の口調はなめらかだった。きっと客が乗車するたびに同じ話をしているのだろう。そうですね、と私はおざなりに答えた。私が一番聞きたくない話を運転手はしていた。

「もともと、そんなに仲がいい夫婦でもなかったんじゃないかって言ってる人もいるよね。おしどり料理家っていうのはテレビ用だって。まあねえ、本当に仲が良かったら、旦那は不倫せんわなあ」

「その頃から、心が疲れていたのかもしれませんね」

私は言った。心が？　誰の？　と運転手は聞き返してから、ああ、死んだ奥さんね、と自分で答えた。それきり彼は喋らなくなった。なぜだろう？　私が「その頃から……」と言ったせいだろうか。自死したのが、彼女自身に問題があったせいだと言ったように聞こえたのかもしれない。

間もなく車は停まった。待っていましょうかと言われたが、断った。マスコミ関係じゃなかったんだね、と去り際に、捨て科白のように言われた。細くて狭い石段が山を削って見上げるばかりに延びている。寺はこの上にあるらしい。

寺には行きたくないのに。ここには来ないつもりだったのに。そう思いながら、私は息を切らせて上っていった。上り切るとぱっと視界が開けて、砂利敷きの広場の向こうに寺らしき建物があり、手前に「宝泉寺霊園」への道を示す標識があった。ここまで来たんだから。来てしまったんだから。私はそちらへ歩いていった。

上り坂をしばらく歩くと、その先の斜面が墓地になっていた。墓石は全部で五十くらいだろうか――小さな墓地だ。私は左側の石段を上がっていった。左右の墓に、「遠藤家」の名前を探しながら。上りには見つからなかった。いいのだ、見つけたいとは思っていないのだから。天辺《てっぺん》に着き、今度は右側の石段を下りた。中程に「遠藤家」と彫られた墓石があった。でも、これがあの料理家夫婦の夫の家のものであるという確証なんかない。供えられている花はまだ瑞々《みずみず》しく、線香も燃え残っていた。でも、だからといって、遠藤樹《じゅ》里《り》がここに眠っているかどうかはわからない。

どのみち私は花も線香も持参していなかったし、拝もうとも思っていなかった。ずっと左手で握っていた缶コーヒーをそこに置いた。供えたのではなく、もう持っていたくなかったから。私は缶コーヒーの味がきらいなのだ。しばらくそれを見下ろしたあと、缶コーヒーを取ってバッグに入れた。遠藤樹里が缶コーヒーを好きだったとしてもきらいだったとしても、これは飲む気にならないだろう、と思えて。立ち去ろうとして体の向きを変えたとき、さっき駅前のロータリーで見かけたふたりが、墓地に向かって歩いてくるのが見えた。ふたりのほうもこちらに気づいて、何かひそひそ話している。しまった。あのふたりのことを考えていなかった。私は顔を伏せて石段を下りた。

「あの、すみません」

案の定、女が声をかけてきた。

「遠藤樹里さんのファンの方ですか？」

「いいえ」

私は顔を上げずに通り過ぎた。

「関係者の方ですか？　ねえ、ちょっと！」

「待ってくださいよ！」

背中に、男女の怒声が投げつけられた。私は殴られたような気分で小走りになった。見も知らぬ他人に向かって、あんなふうに怒鳴る権利が自分にあるとあのふたりは思っているのだろうか。私の夫がしたことを、知っているはずもないのに。

「フリップ猫」のことを私に教えてくれたのは夫だった。

いかつい見た目で、無口で人見知りという夫を知っている人たちには、これを言うとびっくりされたり、逆に「わかる」と言われたりもするのだが――夫は、かわいい動物が好きだ。ネットで画像や動画を見つけては、私に教えてくれる。「フリップ猫」はインスタグラムの人気アカウントだった。

東北の白菜農家で、その猫たちは飼われている。白猫、黒猫、サビ、キジ、茶トラ。雑種の五匹。この猫たちが、五匹揃って立ち上がった姿勢で、いろんな言葉を記したフリップを支える。めちゃくちゃに破れた障子の前で「私たちがやりました」とか、収穫された白菜の前で「あまり興味ないです」とか。猫たちそれぞれの表情が絶妙で面白く、私も自分でまめにチェックするようになった。あれ見た？　見た見た、最高だね。私たちは何かとフリップ猫を話題にし、笑い合うのが習慣になっている。

その「フリップ猫」たちが、数日前のインスタで、山を染める夕日を背景に「明日はきっといいことあるさ」というフリップを持っていた。そして本文には、遠藤樹里のことが書かれていた。

「ここ数日、やたらタクシーが通ると思ってたら、うちのすぐそばのお寺に、遠藤樹里さんのお骨が納められたらしい。なんでもご主人がこっちの人だとか。全然知らなかった。ぶっちゃけ、ご主人のことはどうでもいい（不倫大キライ）。おまえに何がわかるんだって言われちゃうかもしれないけど、樹里さんには生きていてほしかった」

それで私は、インスタグラムでは「東北」ということ以外あかされていない「フリップ猫」の家の、最寄駅を知り得たのだ。遠藤樹里が埋葬された（彼女の夫の家の）墓については、その少し前から、県名と町名までネットニュースで報道されていたから。私の中にはある計画があって、ずっと「フリップ猫」の家を訪ねたいと思っていたのだった。

境内まで駆け下りると、私は寺の裏手へ回った。さっきのふたりから身を隠すのが目的だったが、裏手にも石段があったので、それを下りた。表の石段よりも短く、集落に通じていた。田畑は見えない。実ばかりになった柿の木が目立つ、人気《ひとけ》のない舗装路を歩いていくと、「うどん　はなむら」という小さな手書きの標識があり、私はその矢印に従って右折した。そういえばもう午後一時を過ぎていた。

細い砂利道の先に、特徴のない平屋の店がぽつんとあった。引き戸を開けると、カウンターの客側の椅子に座っていた老女が、じろりと見た。私にはほとんど、駅前のよろず屋にいたのと同じ老女に見えた。はなむらうどんをください。私は壁の品書きを見て、それがどういうものであるかわからないまま、おもねるように注文した。バッグの中でスマートフォンが鳴り出した。清香《きよか》だ。

「今ちょっといい？　来週のことなんだけど」

私たちは大学時代、軽音楽部でバンドを組んでいた。清香がボーカル、私がベース、良郎がリードギター。サイドギターの孝泰《たかやす》、ドラムの圭一《けいいち》とともに、卒業後も交流は続いている。

来週、私たちは十数年振りにスタジオに集まる。圭一の知り合いがレストランウェディングを挙げることになり、そこでの演奏を頼まれたから練習する、という名目だが、実際には良郎の還暦を祝うためのサプライズだ。料理のケータリングもスタジオに呼んで、飲んだり食べたり、演奏したりの一夜にしようと思っている。私が計画して、夫以外のメンバーの協力を取りつけた。

清香の用件は当日の段取りの確認と相談だった。五分くらいでそれが終わると、「今、ナントカ猫の家なの?」と清香が聞いた。

「うん、その近く」

と私は老女の耳を気にしながら答えた。

「良郎から電話、ないよね?」

私は聞き、

「ないない」

と清香は笑う。

「信用されてるね。あたしとしては、ちょっとつまんないけど」

「そうだね、全然疑われないっていうのも、どうかと思うけど」

私も笑った。私は今日、清香とホテルでランチをしてエステを受け、ショッピングをして、夕食を食べて帰る、ということになっている。外出の理由を、良郎にそう言った、ということだ。

「まず大丈夫だと思うけど、万一電話があったら、今試着室だとか、うまく言ってね」

「任せてよ。そういうことだけはうまいから。そっちはどうなの、そのナントカ猫のサインだっけ、なんだっけ、もらえそうなの？」

「うん、がんばる。何時間もかけて来たんだもの」

「愛だねえ。ナントカ猫のことは、さっぱりわかんないけど、結婚三十何年も経って、あんたと良郎がラブラブだってことだけはよーくわかりますわよ」

「はいはい。ありがとう」

電話を切ると、すぐまた電話が鳴った。今度は良郎だったのでぎょっとする。清香に言った通り、夫はこれまで、私がひとりで外出するときにその理由を疑ったことはない。とくに清香と一緒だとわかっているときは、後からひやかされたりするので、まず電話などしてこない。夫は大手百貨店の販売企画部に勤めている。今日は私と一緒に家を出た。だから今は職場のはずで、職場からＬＩＮＥではなく電話で連絡してくるというのもめずらしい。昼休みももう終わっている時間なのに——。

「あのさ、うちに山椒ってあったっけ？　中華に使う、赤いやつ」

「あるけど」

「会社のやつが持ってきた雑誌に、すごく旨そうな麻婆豆腐《マーボー》が載っててさ。どうしても食いたいから、今夜作ることにした。帰りに買い物するから……」

「それで電話かけてきたの？」

私は思わず叫ぶように言ってしまい、急いで笑い声を添えた。

「今夜、久々のひとり飯だからさ。何食おうかって、朝から考えてたんだよ」

「それで麻婆豆腐というわけね。味見したいから、多めに作っておいてね」

「おう。そっちは今、ショッピング中？　まだランチ？」

「ショッピング。ちょうど今試着室に入ったところだったの」

「悪い悪い。ごゆっくりご試着ください。清香によろしく」

電話を切ると、老女がうどんを運んできた。山菜とわかめの卵とじのようなものが載っているそれがテーブルの上に置かれると、私は、食欲がまったくないことに気がついた。

胸がドキドキしていた。なんてことのない電話だ、私の留守中、夫が突発的に自炊に奮闘するのはよくあることだ、と考えようとするけれどうまくいかない。すごく旨そうな麻婆豆腐。雑誌に載っていた。どうしても食いたいから。それらの言葉をうまく飲み下せない。そんな気分に、彼はなぜなれるのだろう。それとも演技なのだろうか。本当は真逆の気分なのに、私に心配をかけまいとして、麻婆豆腐を作ることにしたのだろうか。雑誌に載っていたというのは本当だろうか。遠藤夫婦の人気チャンネル「ハピハピキッチン」でも、きっと麻婆豆腐の作りかたはアップされていただろう。夫はそれを観たことがあっただろうか。山椒くらい、わざわざ電話でたしかめないで買ってしまえばいいだろうに。本当はもっと違うことが言いたくて、電話してきたのではないだろうか。何かあったのではないか。この前の封書のようなものが、また夫の元に届いたのではないか。「ごゆっくりご試着ください」だなんて。あんなふざけかたを彼がこれまでしたことがあっただろうか。

まるでお芝居の――幸せな、仲がいい夫婦の――科白みたいだった。いや、そんなふうに考える私がおかしいのだ。私たちは実際、幸せな、仲がいい夫婦なのだから。

ひとつ違いの夫とは、学生時代に交際していたときから、大きな波風もなく過ごしてきた。人馴れしていない、懐きにくい大型犬みたいだった青年が、私にだけ懐いて、ほかの人には見せない茶目っ気やかわいらしさを私にだけ見せて、そうして私たちは結婚したのだ。夫のほうの問題のせいで子供を持つことはできなかったが、それを不幸だとは思わなかった。ふたりだけで人生は十分、満ち足りていたから。

子供がいないぶん、お互いへの関心が濃密になって、この年になってもちゃんとセックスしているし、お互いに気遣い合っている。相手が何かを不満に思っていたり、悩んでいたり、困っていたりすれば、すぐに察することができる。というか、相手のちょっとの変化にも、私たちはすぐ気がついてしまう。うまくいっている夫婦というのはそういうものだと思うし、私たちはそういう夫婦になる歳月を過ごしてきた。

「ハピハピキッチン」のことは、我が家ではほとんど話題にならなかった。少なくとも私は、名前は知っているが観たことはなかったし、とくに関心もなかった。今年の春のある日曜日、朝食の席で私がそのことを話題にしたのは、料理家夫婦の夫のほう、遠藤瑛太《えいた》の不倫が報じられたからだった。恋人がいて、その女性との間に二歳になる子供までいるという。遠藤夫婦は、「ハピハピキッチン」でも、ほかの媒体でも、どこにでも夫婦揃って出てきて、臆面もなくお互いを褒め合ったり、「あーん」と味見させ合ったりする「むかつくほどラブラブ」なふたりだった。私は不倫報道とともにそのことも知って、「ひどい話だね」と夫に言ったのだ。「ざまあだな」と夫は言った。「ざまあみろ」の「ざまあ」だということはわかったが、誰を「ざまあ」だと思っているのかはわからなかった。「ざまあ」と思うほどの関心を、遠藤夫婦について持っていたのかとも私は思ったのだが、夫は、むしろ関心がないとき雑なリアクションを返すことがある人だから、そういうことだろうと収めていた。でも、こんなふうに思い返すということは、やっぱりあのときから、何がしかの違和感はあったのかもしれない。

そうして、夏に、遠藤樹里が、自宅があるマンションの屋上から飛び降りた。その時は、やっぱり朝食の席で、夫のほうから話題にした。あの不倫された料理家、自殺したらしいよ。そう言った。私はぎょっとしたけれど、それは、そのときの夫の表情や口調にだったのか、彼がそれを言ったこと、それ自体にだったのか、それとも遠藤樹里の死に対してだったのか。それからしばらくして、遠藤瑛太や、ふたりのマネージャーや弁護士のコメントがネットに流れてくるようになり――それを目にしたということは、私がこの事件を追っていたということでもある――、遠藤樹里が死んだのは夫の裏切りを苦にしてのことというより、報道のあと彼女に向けられた、嘘吐きとか仮面夫婦とか気づいてなかったわけないだろうといった「誹謗中傷《ひぼうちゅうしょう》」が原因だったのだ、というふうに事件の様相は変わっていった。

その頃は、私も夫も、もうそのことについてどちらからも話さなかった。ただ私は、夫に隠れて事件を追い続けていた。遠藤樹里に心無い言葉を投げつけた人たちは、樹里の死後、次々に自分のアカウントを消したらしいが、彼らの発言はスクリーンショットを撮られてネット上にいくつも保存されていた。その中のひとつに「ジェフ・ペック」というアカウントがあった。いちばんひどい言葉を遠藤樹里に投げつけているアカウントでもあった。夫には敬愛するギタリストがいる。それはジェフ・ベックだった。

ただの偶然だ。私はそう考えた。今だって、そう考えることはできる。ジェフ・ベックのファンなんて、日本中に何万人といるだろうと。遠藤樹里を痛めつけるためだけに開設したと思われるアカウント（「ジェフ・ペック」は、遠藤樹里への誹謗中傷以外のことはツイートしていないらしい）に、敬愛するギタリストの名前をもじったアカウント名をつけるだろうか。ほかの人は知らないが、良郎は、私の夫は、そんなことはしないだろう。

視線を感じて顔を上げると、店の老女がさっきと同じ椅子に座ってこちらを見ていた。目が合うと何か呟いた。え？　私が聞き返すと、「さめるとまずいですよ！」と怒鳴られた。私は身をすくめて、必死でうどんを啜《すす》った。汁は妙に甘くて、山菜はアルコール臭かった。食べても食べてもうどんは減らず、胸が悪くなってきた。

「あの、すみません」

私はうどんを食べ終えることをあきらめて、老女に声をかけた。老女は無言で私を見た。私への攻撃を考えている顔だった。

「〝フリップ猫〟のおうちをご存知ありませんか。この近所のはずなんですけど。ネットで有名な……」

するとと老女の表情がぱっと変わった。

「インスタグラムの？　あの、五匹の猫ちゃん？」

「そうです、そうです」

「あそこ、うちの孫のお友だちの家なんよ。すぐそこ。お客さん、東京の人？」

「はい」

「東京からわざわざ来る人も最近は多いって。住所はどこにも書いてないのに、なんでわかるのかしらって、祥子《しようこ》さんも言ってるんよね。そんだけ、人気だってことだけど……」

老女はニコニコしながらそう言った。よろず屋の老女のような「個人情報」がどうのという話ではないようだった。私は結局うどんを半分も食べられず、すみません、胃を悪くしていて……と会計のときに言い訳したが、いえいえ、と老女は愛想が良いままだった。この道を真《ま》っ直《す》ぐ行ってね、突き当たりを右に曲がると、畑と納屋が見えてくるから。そこがもう、祥子さんとこの敷地だから。母屋はずっと先だけど、歩いていけば門があるから。家には誰かおるはずだから、はなむらで聞いたって言えばいいですよ。老女は店の外まで出てきて、枯れ枝のような腕を振り回して私に〝フリップ猫〟の家までの道を教えてくれた。


日が照っているのに、あいかわらず寒くてぞくぞくする。影のできかたも何だか妙な感じがして、この日差しは自分が知っている日差しではないような気がした。

うどん屋の老女の突発的な愛想の良さを、もう一枚のカーディガンみたいに羽織って、私は教えられたとおりに歩いていった。納屋が見え、その側で何か作業している女性が見えた。相手がこちらに気がついたので、私が会釈すると、女性もぺこりと頭を下げた。私が門のところへ辿《たど》りつくと、女性はすでにそこで待っていた。

「はなむらさんからいらした方？」

と女性はニコニコしながら聞いた。ということは、うどん屋の老女は、あれからすぐにこの家に連絡したのか。この人が「祥子さん」だろうか。四十歳前後、小柄で、オーバーオールに赤いキルティングジャケットという姿。いつでもこんなふうに、農家のマスコット人形みたいな出《い》で立《た》ちなのだろうか。それとも老女から連絡をもらった後、着替えたのだろうか。

「突然すみません。ずうずうしいお願いがあって……」

「フリップ？」

「はい、あの……夫がお宅の猫ちゃんたちの大ファンなんです。彼の誕生日のプレゼントにしたくて」

「そういう方、最近よく見えられるんですよ。公にはしてないんですが、基本的に、時間があればお引き受けしています」

話の進みかたに逆に戸惑いながら、私はバッグの中から手作りのプレートを取り出した。

「まあ、還暦なんですね！　おめでとうございます」

「ありがとうございます。お願いできますか」

「ええ、大丈夫です。フリップはこちらで作ることもできるんですけど、お持ちになってるのなら、三千円からお引き受けできますよ」

お金を取るのか。そういうわけか。私は驚きが顔に出ないように気をつけながら、バッグの中をかき回して財布を探した。あ、お金は後で大丈夫ですよ、どんな写真を撮るかでも変わってきますし、家の中でご説明します。女性は私を促して、大きな古い二階家のほうへ向かった。

引き戸を開けると、広い三和土があり、長い廊下が続いていた。クリームシチューの匂いがした。それも演出の一環みたいな気がした。廊下の中程の襖を開けると、そこは十畳ほどの和室で、インスタグラムで見たことがあるこたつとキャットタワーがあり、猫たちがいた。黒、白、キジ、サビ、茶トラの猫たちが本当にそこにいて、急遽そこに呼び集められたみたいに、不満げな顔でウロウロと歩き回っていた。

「ちょっとテスト的にやってみますね」

女性はそう言うとカラーボックスを重ねた棚の中から猫用のおやつみたいなものを取り出して、「はい集まって〜」と言いながら顔の前でそれを振った。すると猫たちは五匹とも集まってきた。女性が、壁に立てかけてあったフリップの板をさっと取って畳の上に置くと、猫たちはそれを目指し、それぞれ板の上に足をかけて立ち上がった。まるでサーカスだ。板には「入学おめでとう」と書かれていた。

「撮影はご自身でやっていただいて、同じポーズで十カットまで三千円です。同じポーズって言っても、猫たちは表情変えますから、お好きなタイミングで。一度バラして、場所を変えて、畑やトラックの前なんかで撮影することもできますよ。その場合は十五カットで五千円です。あと……」

気がつくと私は張子の虎みたいに頷いていた。なんでもいい、とにかく一番高いコースにしようと決めていた。写真を持って帰れる。〝フリップ猫〟に夫の還暦を祝うフリップを持たせて、写真が撮れる。それを大きく引き伸ばして額に入れて、来週のサプライズのときに、みんなの前で渡せる。そのためにここへ来たのだ。もう大丈夫。もう大丈夫。私は酸素を吸い込むように繰り返した。

猫たちはみんなかわいかった。ごくふつうの雑種猫で、ぶさいくな子もいるのだが、そこがかわいいのだ。女性は私からプレートを受け取った。一枚、撮ってみますか。これはサービスです。「入学おめでとう」のプレートから解放された猫たちは、いったんばらけて、座ったり歩いたりしはじめるが、このような状況に慣れているのだろう、つぎのおやつを期待するように女性のそばを離れない。女性がおやつを振りまわし、猫たちは私が作ったプレートの後ろで立ち上がる。

Happy 還暦！　良郎。このプレートを私が作ったのは、我が家が加入しているプロバイダからの簡易書留を受け取った日だった。私は「ジェフ・ペック」のアカウントを目にしたときから、あらゆることを調べた。たとえば、ネットでの誹謗中傷への対応について。匿名で誹謗中傷する人を特定するために、被害者はプロバイダに発信者情報開示請求をすることができ、それを受け取ったプロバイダは、該当人物宛てに「意見照会書」を送付する。それは簡易書留で届く。

我が家に届いた簡易書留は良郎宛てだったから、もちろん私は、封を切ったりはしなかった。ほかの郵便物の中に紛れ込ませて、テーブルの上に置いておいた——私がその封書を目にしたことを、夫に知られないように。そうして夫は、それを開封したはずだが、何も言わなかった。封書はいつの間にかテーブルの上から消えていた。だから、実際のところあれがなんだったのかはわからない。なんてことのない、お知らせみたいなものだったのかもしれない。

私は猫たちにスマートフォンを向けて一枚撮った。そして「一万円コースでお願いします」と言った。女性の顔がパッと輝く。

「ありがとうございます。いっぱい、サービスさせていただきますね」

「よろしくお願いします」

「愛ですよね、愛。ご主人のために、遠くからいらしたんですものね。いくつになっても、ご主人をそんなに愛してるって、羨ましいわ」

「ふふ」

と私は微笑んだ。部屋の中は暖かかった。こたつがあるし、エアコンも稼働している。

長い間しあわせ芝居ご苦労様。ハピハピキッチンじゃなくて、ハメハメキッチンだったね。あ、奥さんはハメてもらってなかったか。産めない女はお気の毒。「ジェフ・ペック」が遠藤樹里に投げつけた言葉がそれこそフリップみたいに頭の中で明滅するが、すぐに消える。空いた場所で、良郎の喜ぶ顔を、仲間たちの冷やかしの声を、私は思い浮かべる。

錠剤F

「あの人、ホクロだらけだったよね」

と安奈《あんな》が言った。うん、すごかった、と私は言った。私たちは郊外へ向かう私鉄電車の中にいた。金曜日の午前十一時前で、座席は空いていなかったが立っている人の数は少なかった。

「あの人」というのは、今週のはじめに私と安奈と進藤《しんどう》君とで担当した、新規のお客さんのことだった。私たちはハウスクリーニングの会社で働いている。単発で、家中の窓とトイレと浴室と、キッチンの換気扇をきれいにしてほしい、というオーダーだった。幹線道路沿いのマンションの十階のおしゃれな部屋で、私たちが作業している間、そのホクロだらけの、四十歳くらいの、おしゃれな服を着た奥さんは個室にこもっていた。

「あれって、全部本物だったのかな」

私は言った。電車はトンネルに入り、車窓に私たちの姿が映った。チビでおたふく顔で、ショートボブが伸びすぎている三十二歳の私。のっぽで痩せぎすで眼鏡で、二十九歳の安奈。揃えたわけでもないのにふたりともパーカを着ている。私はデニム、安奈は花模様のロングスカート。安奈は仕事のときには後ろでひっつめている髪を今日は下ろしていて、いつもと少し雰囲気が違う――私同様に垢抜けないことにはかわりないけれど。

「わざわざニセ札用意する手間はかけないんじゃない」

安奈は言った。眼鏡の向こうの目も、いつも通り表情が少ない。

「でも、盗まれるとかって思わなかったのかな。全部じゃなくても、一枚二枚抜かれるとか」

「それならそれで、取り返せると思ってたんでしょ」

「まあ、そうだね。抜くわけないけどね、あんな見え見えの」

一昨日、ホクロの奥さんから会社に連絡が来て、「定期おそうじコース」を契約すると言ったそうだ。主任が私たちにそのことを言いに来た。「テストは合格でした、って言ってたよ」と主任は言い、彼はわかっていなかったけれど、私たちにはその言葉の本当の意味がわかった。キッチンカウンターの上に現金が入った封筒が置いてあったのだ。封筒は口が開いていてそこから札束がのぞいていた。手を触れたりはもちろんしなかったが、一万円札で一センチくらいの厚さがあった。安奈が個室のドアを叩いて、現金はそちらの手元にしまっておいてほしいと奥さんに言った。「はーい」とだけ返事をした奥さんが部屋から出て来たのは、それから十分以上経ってからだった。

安奈は会話を打ち切るように、吊り広告のほうに視線を移した。安奈のほうから話し出したのに。そういえばホクロの奥さんの家の「定期おそうじコース」の担当に任命されたのは安奈だった。私がそのことを言うと、「もう関係ないよ」と安奈は言った。

トンネルを出るとがらりと景色が変わった。なだらかな丘に建物がぽつぽつと建っていて、外国の街みたいな景色が見えた。丘全部が学園なんだよ、と安奈が言った。幼稚園から大学まであるんだよ。

学園の名前が次の駅名になっていて、私たちはそこで降りた。


駅にはたくさんの人がいた。

駅の構内が学園の一部みたいになっていて、そこを学園のほうから歩いてくる。そうか、今日は卒業式だったんだと私は気づいた。若い男の姿がないから、女子短大の卒業生たちであるようだった。袴《はかま》姿は見かけなくて、みんな思い思いに着飾っている。高級そうなスーツ、芸能人みたいなワンピース。彼女らに交じって歩いてくる保護者らしき人たちも、ぱりっとしていて偉そうだった。お金持ちの子が行く学園なんだよ、と安奈が言った。

「授業料がバカ高いんだよ」

「よく知ってるね」

「中学のとき、友だちがここ受験したの。それで、一度一緒に見にきたんだよね」

「お金持ちだったんだね、その子」

「うん、そうだね」

「受かったの？」

「うん。でも途中でやめちゃった。すごくいじめられたみたい」

「あー」

「なんかわかるような気もしない？　そういう学校っぽいでしょ」

「まあ、そうだね」

私は同意したけれど、きっと嘘だろう、と内心では思っていた。安奈はわりと嘘を吐く人だからだ。今日このあとのことも、嘘に決まっていた。でも、あるいは、だから、私はついてきたのだった。嘘だとわかったときに安奈がどんな顔で、どんな言い訳をするのか知りたかった。それにまあ、休日を持て余していたという理由もあった——進藤君と別れたばかりだったから。

気がつくと、私たちは人波に逆らって、学園に向かって歩いていた。待ち合わせまで時間があるからぶらぶらしようよと安奈は言った。待ち合わせは何時なのかと聞くと、午後三時だという。四時間近くもある。もう、嘘だと言っているようなものだと思った。

でも、学園には門のようなものもなく、守衛さんはいたけれど私たちは見咎められることもなく入れて、今日はいい天気で暑くも寒くもなくて、敷地内は緑がいっぱいで気持ちが良かった。私たちは年齢的及びファッション的に、歩いてくる卒業生にも保護者たちにもそぐわなかったけれど、気にする人はいないみたいだった。見るべきところのないふたりだから、実質的に見えていないのかもしれない。

売店みたいな建物があったので、私たちはそこへ寄り、私は肉まんとピザまんともなかアイス、安奈は肉まんとチャーシューまんともなかアイス、飲み物をそれぞれ買った。ビールが飲みたい気分だったけれど、学園内だからさすがに置いていなかった。広々した芝地の周囲にベンチが並んでいる場所があったので、そこに座って食べることにした。

「はー、疲れた」

安奈はベンチの背もたれに頭を預けて、空を仰いだ。いつもの安奈だった。「はー、疲れた」は口癖なのだ。

「錠剤Fだっけ?」

私は言った。

「そう。ドクターFのね」

安奈は言った。そのドクターFとやらと、安奈はネットで知り合ったらしい。そういうサイトがあるということは、知識として私も知っていた。

「なんかあったの?」

肉まんをひと口食べて、私は聞いた。

「とくに、なにも」

安奈は咀嚼《そしやく》しながら、宙を見て答えた。

「理由なくたっていいじゃん。私の勝手じゃん」

「まあ、そうだね」

私が言うと、安奈はクスッと笑った。

「〝まあ、そうだね〟ばっかだね、みちるさんは」

私がムッとして黙っていると、安奈は幼稚な猫の絵がついたトートバッグをゴソゴソ探りはじめた。私はぎょっとした――安奈が、一万円札の束を私の目の前に突き出したからだ。

「なにこれ？」

「十万円」

「十万円？　も、あるの？　どうしたの？」

「薬代。カードで借りたの。どうせ返さなくていいし」

「まあ……」

と私は言いかけて、さっき安奈に言われたことを思い出してその先を飲み込んだ。嘘を吐くために、カードで借金までしたのだろうか。なけなしの貯金を下ろしてきたのかもしれない。

「本当に理由ないの？　何かあったんじゃないの？」

それを私に察してほしくて、安奈は嘘を吐いてるんじゃないのだろうか。

「ないよ」

けれども安奈はうるさそうに言った。

「そういう薬があることを知ったから、そうしたくなっただけ。それだけ」

安奈は十万円をバッグの中に戻し、私たちはほぼ同時に、もなかアイスの包み紙を破った。

「十万円もするんだ？　その薬」

「安いくらいでしょ」

「だったらホクロ女のお金盗《と》っちゃえばよかったのに。どうせあとのことは関係なくなるんでしょ」

　と私は言ってみた。

「だって迷惑がかかるじゃん、みちるさんたちに。一緒にいたんだからさ」

「まあ、そうだね」

「でも、どうせなら私が全部責任かぶって、盗っちゃえばよかったかな。あれ全部で百万円くらいあったんじゃない？　全部じゃなくても、二、三十万盗っちゃえばよかったな。それで、みちるさんや進藤君にこっそりあげればよかった」

「そうだよ、どうせならそうしてほしかったよ」

「十万円あったら、みちるさんは何に使う？」

「えー」

　私は考えた。つい、一生懸命考えてしまった。温泉、とか、旅行、とかいう言葉が浮かんできたけれど、進藤君とはもう一緒に行けないし、ひとり旅なんてしたくないし、そもそも私は温泉や旅行がそんなに好きじゃない。十万円で何か買ったり食べたりしても、それでどうなるのという気がした。エステに行く、とか、ホストクラブに行く、とか、言ってみようか。どちらも全然行きたくないけど、答えとしては面白いかもしれない。私はそう考えたが、口から出す前にその気が失《う》せて、結局、

「十万円あったら、私もその薬買うかも」

と言ってしまった。

「ほらね」

と安奈は得意そうな顔になった。

食べ終わり、紙くずを袋に入れて、私たちはそれぞれにスマホをいじった。といって、メールもＬＩＮＥも個人的なものは届いていないことはわかっていたけれど——進藤君から連絡が来ることはなくなったし、安奈は今隣にいるわけだから。ずっと前から放置しているインスタグラムを開くと、最後の投稿——進藤君とサイゼリヤに行ったときに食べた、ソーセージピザの写真——に、新しい「いいね！」がついていたが、それは占いの館ナントカカントカという、あきらかに宣伝目的のアカウントからだった。

ポーン、と安奈のスマホが鳴った。すでにスマホをバッグの中にしまっていた安奈が、あらためて取り出して、何かの着信をたしかめるのを私は横目で見た。「ドクターＦ？」と聞くと、「違う」という答えがある。

日差しは暑いほどだった。最初のいい気分はもう萎んでいて、場違いな場所にいる感じが強くなってきた。せっかくの休みの日に、なんだってこんなところにいるのか。くたびれたスニーカーが踏みつけている芝の細い葉の上を、黒々した大きな蟻《あり》が一匹這っている。

「やめなよ」という言葉が私の喉元にあった。そんなことやめなよ。でも、口に出したら、「どうして？」と安奈は聞くだろう。私、いやだよ。私、さびしいよ。私はそう答えるかもしれない。でも安奈は「嘘ばっかり」と言うかもしれない。それはみちるさんのつごうでしょ、とも言いそうだ。そうしたら私はもう、何も言えなくなる。たぶんその通りだから。

道にいる華やかな格好の女の子たちが四人、こちらを見ている。四人とも信じられないくらいヒールが高い靴を履いている。ひそひそ何か囁《ささや》き合《あ》っている。やっぱり見えてないということはないんだなと私は思うが、それで嬉しくなるわけでもない。女の子たちは私たちのほうを睨みつけながら、芝地の反対側の建物のほうへ歩き出した。

「守衛さんみたいな人を呼びに行ったんじゃない？」

「かも」

私たちはそそくさと立ち上がった。小走りに学園を逃げ出し、駅を出ると陸橋があったから、それを渡った。

陸橋の上は風が強かった。ちょうど渡っているときに下を電車が通って、足元が揺れた。安奈は私の腕にすがりついた。高所恐怖症らしい。もう関係ないじゃん、と私は言ってやった。

急ぎ足で、追い立てられるように歩いて行くと、周囲にどんどん何かが描き足されていくような感じがあって、いつの間にか繁華街に入っていた。

街の雰囲気は学園とはずいぶん違った。私たちには歩きやすい街だった。ビルの窓にサイゼリヤの文字を見つけて、私たちは小さなエレベーターで上がっていった。ビールを飲もう、ということになったのだ。店はそこそこ混んでいたが、それがよかった。安全な場所に匿われている感じがして。案内されたのは窓際の席だった。そこからは街が見えた。びっしりと模様が描き込まれた、くたびれた包装紙みたいな街。

ジョッキのビールと、つまみの皿がふたつ運ばれてきた。きっとこのまま今日という日は終わるんだろう。いつもの休日と同じように。明日は私も安奈もシフトが入っている。二日酔いでグラグラしながら出勤して、事務所でユニフォームに着替え、それぞれが担当する家を掃除しに向かうのだろう。茹でた青豆を三つ、私はフォークで刺した。

ポーン。また安奈のバッグの中で、スマホが鳴った。さっき席に着いたばかりのときにも鳴っていた。ＬＩＮＥの通知音と同じ音だ。誰がこんなに頻繁に鳴らしているんだろう。

「ＬＩＮＥ、見なくていいの？」

安奈は首を振った。

「ＬＩＮＥじゃないし」

「じゃ、何？」

「見たい？」

安奈はスマホを取り出し操作して、青豆の皿越しに私に見せた。表示されている画面を見て、すぐにわかった。婚活アプリだ。登録まではしたことはないけれど、いくつかのアプリをダウンロードしてみたことは私にもあったから。登録すれば、次は自分の写真やいろんな情報をプロフィールとしてアップすることになる。

「プロフィールに〝いいね〟がつくと通知が来るんだよ」

安奈は言った。

「じゃあ、今までの全部〝いいね〟なの？　すごいね、モテモテじゃん」

「〝いいね〟つけるだけなら簡単だから。ひやかしで〝いいね〟つける人もいるんだよ」

「ていうか、婚活してるわけ」

私が意地悪く言うと、

「してたんだよ」

と安奈は言い直した。それならプロフィールを削除するとか、アプリごと取り除いてしまえばいいのに。

私たちの横の通路を二、三歳くらいの男の子がトコトコと走ってくる。私たちのと同じようなパーカを着ていて、青地の背中に黄色い文字で「SPECIAL ONE」と書いてある。父親らしい人が「はい、はい、はい」と言いながら追いかけてきて、ボールを拾うように子供を抱き上げた。安奈は小エビのフライの皿にフォークを向けたが、小エビの配置を変えただけで口には入れなかった。

「みちるさんと進藤君、なんでだめになっちゃったの？」

私と同じくらい意地悪い口調で安奈は言った。同じ職場だから隠してもどうせわかってしまうだろうと思って、私は先週、安奈に言ってしまったのだ。実際のところそのときには、まだどうにかなるかもしれないと思っていた。でも、結局どうにもならなかった。今では進藤君は必要なときしか私に話しかけないし、話しかけるときには敬語を使うようになったから、私と彼が付き合っていることを知らなかったスタッフにも、あのふたり何かあったの？　と思われているだろう。

「なんか、なんとなく」

私は小エビをふたついっぺんに口に入れた。いつものように残り個数をたしかめながら食べるマナーを守る気が失せている。一杯目のビールがもう残り少ない。どこかのテーブルで大人数がどっと笑う声が上がり、私も安奈もそちらを見ずに、ただしばらくの間黙った。

「浮気関係？」

「違う。価値観の違いっていうか」

「価値観」

安奈は嫌味っぽく繰り返した。そんなもの持ってるの？　というように。

「なんか、デモとか行くようになってさ」

言うまいと思っていたことを私は言ってしまった。デモ、と安奈はまた半笑いで繰り返した。

「デモってなんの？」

「わかんないけど、政治っぽいやつじゃない？　国会議事堂に行くって言ってたから」

「そういう人になったんだ、進藤君」

「なったっていうか、なったぶってるのががまんできなくてさ。ゲームばっかやって楽しい？　とか言われてさ」

「あーあーあー」

それきり安奈は何も言わなくなって、私は喋ったことを後悔した。もっといろいろ聞いてくれれば、もっと進藤君をディスることができるのに。ひとりでこのことを考えていると、自分が悪いような気がしてくるのがいやだった。

「ビールもう一杯飲もうか」

次に安奈の口から出たのはそれだった。


私たちは結局生ジョッキをそれぞれ三杯飲み、五百ミリリットル入りの赤ワインのデカンタも空けてしまった。私も安奈もお酒が強い。進藤君はあまり飲めなくて、そういえば「酔っ払ってる時間が無駄だと思わない？」なんてことも言われたのだった、と思い出した。

時間が来たので店を出た。待ち合わせは降りたところ――つまり「サイゼが入ってるビルの前」だと安奈が言うので私は心の中で苦笑した。ますます嘘っぽい。もうけっこう酔っ払っていて、ほかに移動するのが面倒くさいからここで待ち合わせということにしたのだろうと思った。しばらく待って、相手が来なかったということにして、もう一度サイゼに戻ったりするつもりなのかもしれない。安奈はトートバッグの中から赤いチェックのハンカチを出して、持ち手に結びつけた。初対面同士だから、それが目印になるのだという。芸が細かいことだ。

突っ立ったまま、十分が経ち、二十分が経った。来ないね、と私が言うと、来ないねえ、と安奈は他人事《ひとごと》みたいに答えた。三十分も過ぎようとしたとき、来ないんでしょ？　と、とうとう私は言った。

「嘘なんでしょ、全部？　死にたいなんて……」

そのとき突然、男がぬうっと私たちの前にあらわれた。

「すいません、ドクターFです」

男はそう言って頭を下げた。身長が百八十センチ以上はゆうにありそうな、針金みたいに痩せた若い男だった。

「アンニャさん？」

「はい」

と安奈は答えた。

「そっちは？」

男は私のほうに顎をしゃくった。

「友だち」

「ひとりで来るって約束でしょう」

「この人は大丈夫」

「その人も薬買ってくれるんですか？」

「どうする？」

安奈が私に聞いた。私は首を振った。少し心臓がドキドキ脈打ちはじめていた。とにかく「ドクターF」は実在したのだ。

「金は？」

安奈がトートバッグの中からさっきの十万円を取り出して見せると、男の表情が変わるのがわかった。あきらかに動揺している。それで私のドキドキはあっさり消えた。

「じゃあ……これ」

男はポケットから小さなビニールのパックを出した。中にはチョコレート色の錠剤が三つ入っている。安奈はそれを受け取り、もう片方の手で十万円を差し出した。「ちょっと待ってよ」と私は思わず言った。

「その薬が本物だっていう証拠はどこにあるわけ？」

安奈は私を見、男を見た。男はぶすっとした顔で私を見た。顎のあたりまでぼさっと伸びた長髪、鹿みたいな、睨まれても全然こわくない顔。二十歳か二十一歳。もしかしたら十九歳くらいかもしれない。

「それは……信じてもらうしかないよ。ていうか信じたから、ここまで来たんだろ」

男は聞き取りにくい声で、地面に向かってボソボソ言った。

「だってそれどう見たってふつうのビタミン剤とかそういうのじゃない。自分で調合したんなら糖衣錠にして色までつける必要ある？　そんな技術持ってるわけ？　っていうかそれ飲んで苦しまずに死ねた人って今までいるの？　その人のことは何でニュースにならないの？　安奈、マジで信じてるわけ？　違うでしょ、信じてないでしょ。これ飲んで死ねるなんて思ってないでしょ」

私はなぜか激昂《げっこう》してきた。アルコールのせいもあったかもしれないが、酔いを押しのけて体の奥のほうから、怒りか、それに似たものが湧き上がってくるような気もした。こんなのは今更言うまでもないことで、もっと早く安奈に問い質すべきだった。ドクターFがひみつの処方で作る、飲めば何の苦しみもなく、眠ったまま死ぬことができるという錠剤Fだなんて。ばかじゃないの。もっと早くそう言ってやるべきだった。ここへ来る前に言うべきだったのだ。こんなところに来るべきじゃなかった。私も、安奈も。のこのこやってきた結果がこれ。木の枝っていうかストローみたいな、何の力も持っていなそうな男と、その辺のドラッグストアで買ってきたみたいな錠剤三つ。サイゼリヤが入っているビルの前で、その薬を十万円で買おうとしている安奈。迷惑そうに私たちを迂回《うかい》していく、包装紙の模様みたいな人波。

「まあ、そうだね」

と安奈が静かな声で言った。私の口癖と同じなのは、わざとなのか偶然なのかわからない。

「もうちょっとおじさんかと思ってたんだよね、ドクターF」

おじさんだったらどうだっていうのよと私は思い、「年は関係ないだろ」と男も言ったが、すでにその声にはあきらめが滲《にじ》んでいた。

「やっぱりやめる。ごめんね。っていうか、ただのビタミン剤だったらまだいいけど、苦しんで死ぬ薬だったらいやだし。死ねずに後遺症だけ残っちゃう場合だってあるわけだしね」

そんなすごい薬である可能性はほとんどゼロだろうと私は思ったけれど、「そうだよ」と同意した。

「死んじまえ」

というのが男の捨て科白だった。サイゼリヤが入っているビルの前で、私たちと男は別れた。

「はー疲れた」

と安奈が言う。さっきよりも実感がこもっていなくて、棒読みみたいな感じだった。私は彼女の向かい側でメニューをめくった。私たちはまだ同じ街にいたが、サイゼリヤには戻らず、道一本向こうの居酒屋のテーブル席に座っていた。

それぞれにサワー、つまみに焼き鳥とフライドポテトと冷奴《ひややっこ》を注文した。お腹はまったく空いていなかったけれど、暴飲暴食したい気分だった。少なくとも私は。安奈は今どんな気分でいるのだろう。私にあやまるべきなんじゃないのか。私はそう思ったけれど、何に対してあやまってほしいのかはわからなかった。死ぬことにしたなんて言い出したことなのか、ドクターＦも錠剤Ｆも、だまされたというのがばかばかしいくらい偽物だったことか。

「安楽死の薬を売ってる人が〝死んじまえ〟っていうの、うけるよね」

安奈は言った。サワーが運ばれてくる。乾杯、と差し出されたグラスを、私は仏頂面で受けた。乾杯じゃないだろ、と思う。腹立ちは自分自身にも向かう。こんなところまでノコノコついてきて、こんな結末になって。いったい何を期待していたのか。期待。そうだ、この怒りは、期待を裏切られた怒りだと私は思った。安奈が死ぬことを期待していたわけじゃない。錠剤Ｆなんて最初から一ミリも信じていなかった。でも、何かが起きると思っていたのかもしれない。私にも、安奈にも。たとえば錠剤Ｆが嘘だったということがわかって、安奈が何かすごくばかみたいな、ひょっとしたら気が利いた面白い言い訳をして、それで私や安奈の日々の何かが、一瞬のことかもしれないけれど、どうにかなるんじゃないかと望んでいたのかもしれない。でも何も起きなかった。どうにもならなかった。そんなことはわかっていた。わざわざたしかめにこんなところまで来てしまった。

ポーン。安奈のスマホがまた鳴った。

「やってたんじゃないじゃん。今も必死でやってるんでしょ、それ」

私は言ってやった。

「べつに」

と安奈は乾いた声で言った。

「みちるさん、焼き鳥の串、勝手に抜かないでほしいんですけど」

「なに、それ」

私たちは険悪な雰囲気になった。進藤君との最後の頃、こんな感じだったなと私は思った。とくに理由もなく、何を言っても何を言わなくてもぎすぎすした。

安奈が伸び上がっている。と思ったら手を振った。そちらを見ると、さっきの男――ドクターF――がいた。同じ年格好の男と、小上がりの席に座っている。ドクターFが一緒にいる男に何か言い、ふたりでニヤニヤしながら手を振り返した。

信じられないことに、安奈は立ち上がって小上がりへ近づいていった。少し話してから戻ってきて、「あっちの席、行こうよ」と言う。なんでよ？　と私は言ったけれど無視されて、安奈が自分のサワーのグラスとトートバッグを持ってさっさと行ってしまったので、慌てて後を追った。誰が頼んだのか、店員が私たちのテーブルの上のつまみを小上がりへ運びはじめた。

「いえー」

と、ドクターFが両手をふにゃりと上げて迎えた。この店に入ってきたのはたぶん私たちよりあとなのに、彼の顔はもう真っ赤だった。どーもー、シンヤでーす、ともうひとり——小太りで、茶髪のマッシュルームカット——が言った。アンニャです、と安奈が言い、私が黙っていると、この人はみちるさん、と安奈が余計なおせっかいをした。

「一緒に飲むとか。ありえねー」

ドクターFがそう言ってひゃひゃひゃ、と笑った。

「っていうかドクターFっていうのがありえないんだけど。あのー、マジで信じてたんですか?」

シンヤが言い、

「そんなわけないでしょ」

と安奈が言った。

「じゃあなんで来たのよ?」

私は言った。

「どんな顔でドクターFとか言ってるのか見てみたくて」

「あ、じゃあ一緒だね。俺も、どんな顔で買いに来るのか見たかったから」

「君、いつもこういうことしてるの?」

私はドクターFに聞いた。まさか、と彼は言った。

「しゃれですよ、しゃれ。反応する人がいるとは思わなかった。警察の囮《おとり》捜査かと思いましたよ。だから待ち合わせに遅れたんです。今だから言うけど、あのときずっと向かいのビルの中から様子うかがってたんですよ」

「囮捜査！」

　とシンヤと安奈の声が揃って、私たちは笑った――そう、私もうっかり笑ってしまったのだ。実際のところ笑える状況かもしれない。笑えるよ。笑って何が悪いのよ。私は心の中で進藤君に言った。

　それがきっかけで私たちはいくらか和やかな雰囲気になった。個人情報はあまりオープンにしないほうがいいと警戒しつつ、自分たちについて少しずつ喋った。私と安奈が派遣社員で家事代行会社で働いていること。ドクターFとシンヤはともに高校を中退した十九歳で、「バイトしながらバンドとかやってる」こと。中退した理由を私も安奈も聞かなかった。そういう話はしたくなかったのだ。その代わりのように安奈が「弟〜」とふざけ、シンヤが「お姉さま〜」と応じた。私はちらりとドクターFを窺った。すると彼はニカッと笑った。

「楽しいっすね」

「まあ、そうだね」

「楽しいよね」

　安奈が言い、

「マジ？」

　とシンヤが言った。

ポーン。通知音が響いた。それをきっかけにして、私たちは安奈のスマホの婚活アプリを開いて、安奈のプロフィールに「いいね」をつけている男たちの品定めをして盛り上がった。今日はこういうことになったんだ、と私は考えた。だったら来たことはよかったのかもしれない。案外この後、ふた組のカップルが成立したりするのかもしれない。たとえば安奈とシンヤ、私とドクターF。長くは続かないだろうけれど、しばらくの間付き合ったりするのかもしれない。今私、十歳以上年下の男と付き合ってるんだよと、進藤君に言えるかもしれない。

私たちは四時間近くそこにいた。飲みはじめたのが早かったので、八時を過ぎたばかりだったけれど、店を出るともうあたりは暗かった。あの十万円で安奈が奢ってくれるんじゃないかと、私もたぶんドクターFとシンヤも期待していたけれど、安奈は十万円の「じ」の字も言わず、そうなるとそのお金のことは誰も言い出せなくて、会計はきっちり割り勘だった。

どこ行こっか、と言い合いながらぶらぶら歩いた。ドクターFとシンヤとが先を歩いて、私たちはついていく格好だった。陸橋が見えてきた。それを渡るのだということがわかって、ちょっと違和感を覚えた。あちら側には、私たちが楽しめるような店はないだろうと思ったのだ。とすると、ドクターFかシンヤのアパートがあるのだろうか。

今では先導しているのはドクターFで、シンヤは安奈と並んで歩いていた。私がしんがりだった。昼間よりもっと橋の上がこわいらしくてなかなか前に進まない安奈に、シンヤは歩調を合わせていた。このふたりはいいムードだなと私は思った。ということは私に残されたのはやっぱりドクターFか。イエーッと、橋の中央で彼が叫んだ。さっきの居酒屋での「いえー」よりもずっと本物っぽい——心の底から楽しんでいるような声だった。私はなぜか、サイゼリヤの前で別れたときの「死んじまえ」という彼の声を思い出した。あれも心から憎んでるみたいな声だった。誰のことをかはわからないけれど。

橋の中央は暗かった。ちょうど、ドクターFがいる辺りだけ、街灯の明かりが届いていなかったのだ。でも私には、彼が欄干に足をかけて体を引っ張り上げているのが見えた。安奈とシンヤにもきっと見えていただろう。何が起きようとしているかわかったときにはそれはもう起きていた。ドクターFは、そう名乗った十九歳の男は、そのシルエットは、陸橋の上からふっと消えた。

初出

乙事百合子の出身地　「すばる」二〇二一年一月号
ぴぴぴーズ　「すばる」二〇二二年九月号
あたらしい日よけ　「三田文学」二〇二〇年冬季号
みみず　「すばる」二〇二三年一月号
刺繍の本棚　「すばる」二〇二〇年五月号
墓　「すばる」二〇二二年一二月号
スミエ　「すばる」二〇二二年一月号
ケータリング　「すばる」二〇二一年八月号
フリップ猫　「すばる」二〇二三年二月号
錠剤F　「すばる」二〇二一年五月号

装丁　大久保伸子
装画　メリヤス ミドリ

井上荒野（いのうえ・あれの）

1961年東京生まれ。成蹊大学文学部卒。
89年「わたしのヌレエフ」で第1回フェミナ賞を受賞し、デビュー。
2004年『潤一』で第11回島清恋愛文学賞を、
08年『切羽へ』で第139回直木賞を、11年『そこへ行くな』で
第6回中央公論文芸賞を、16年『赤へ』で第29回柴田錬三郎賞を、
18年『その話は今日はやめておきましょう』で第35回織田作之助賞を受賞。
その他、『あちらにいる鬼』『生皮 あるセクシャルハラスメントの光景』
『小説家の一日』『照子と瑠衣』など著書多数。

錠剤《じようざい》F《エフ》

2024年 1月15日　第1刷発行

著　者　井上荒野《いのうえあれの》
発行者　樋口尚也
発行所　株式会社 集英社
〒101-8050　東京都千代田区一ツ橋2-5-10
電話　03-3230-6100（編集部）
03-3230-6080（読者係）
03-3230-6393（販売部）書店専用

印刷所　大日本印刷株式会社
製本所　株式会社ブックアート

ISBN978-4-08-771850-8　C0093

井上荒野の本　　集英社文庫

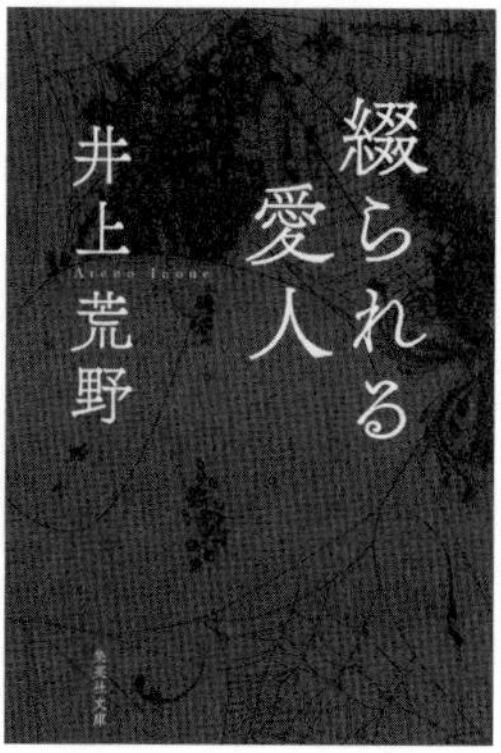

綴《つづ》られる愛人

夫に支配される人気作家・柚《ゆう》。先が見えない三流大学三回生の航大《こうた》。二人は「綴り人の会」というサイトを介し文通を始める。柚は「夫にＤＶを受けている専業主婦」を、航大は「エリート商社マン」を装って――。緊迫の恋愛サスペンス！

（解説／斎藤美奈子）

井上荒野の本　　集英社文芸単行本

百合中毒

二十五年前に家族を捨てて出ていった父親が突然戻ってきた。妻と娘夫婦が経営する八ヶ岳の麓の園芸店へ。しかし娘たちはとっくに大人になり、妻にはすでに恋人がいて……。家族とは。夫婦とは。それぞれの目線から愛を問い直す意欲作。